AF595619

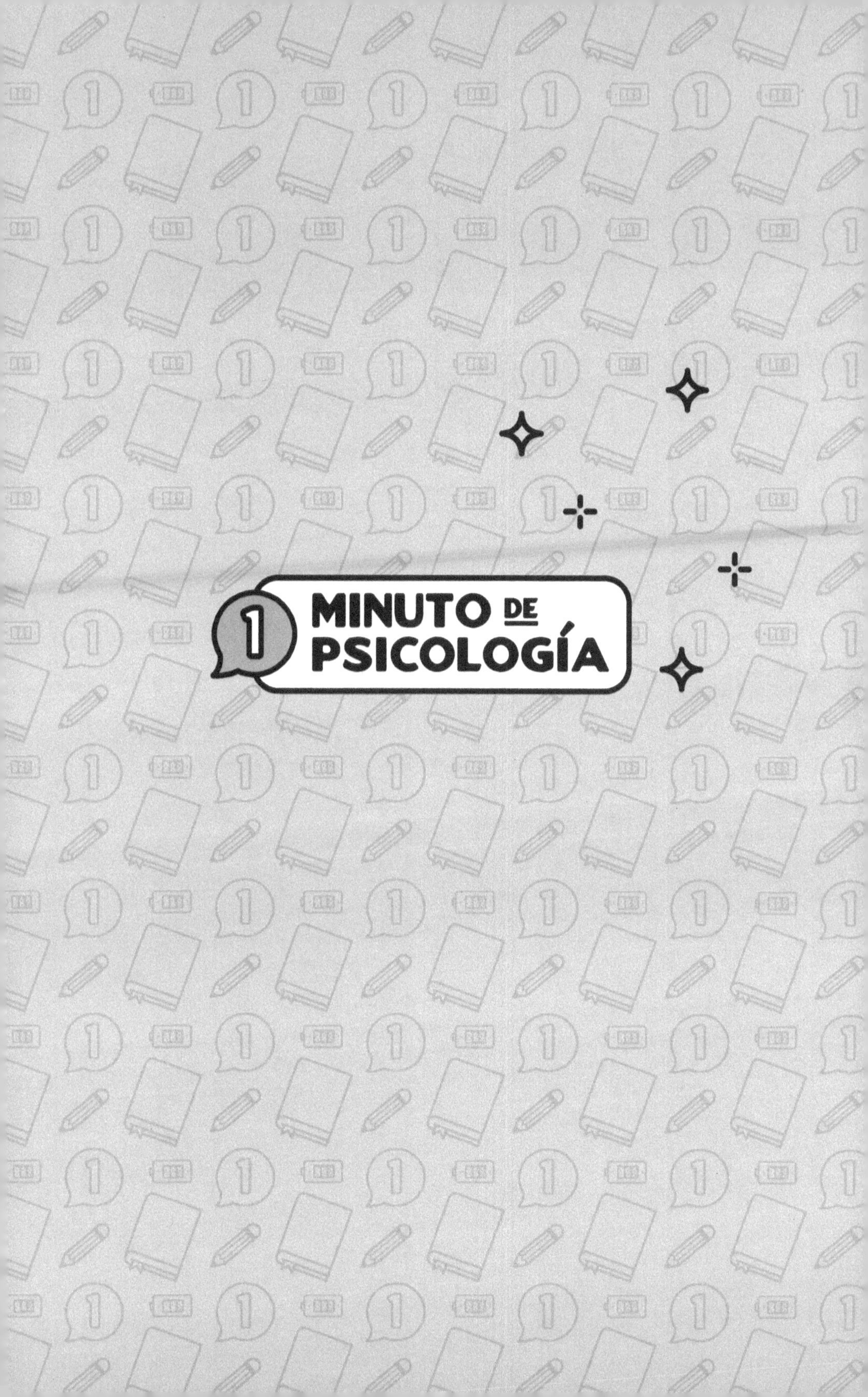
1 MINUTO DE PSICOLOGÍA

1 MINUTO DE PSICOLOGÍA

MANUAL DE LAS EMOC1ONES

VERGARA

Título original: *Manual de las emociones*

Diseño de portada: Colin Landeros
Ilustraciones de interiores: 2023, © bikingostudio para 1minutodepsicologia.
Agradecemos a la autora y bikingostudio permitirnos el uso para esta publicación

ISBN: 979-889-098-759-4

Impresión digital bajo demanda

156016905

Quiero expresar mi más sincero agradecimiento a todas las personas que han sido parte fundamental en la creación de este libro sobre emociones. Su gran apoyo ha sido un motor en cada paso de este camino.

A mi esposo porque un día me levanté y le dije que quería compartir cosas de psicología en redes sociales y desde el día uno creyó en mí; él ha sido mi roca, mi almohada, un pilar importante en mi desarrollo profesional y personal. Gracias por creer en mí y por estar a mi lado en cada etapa de este proyecto.

A mi madre, una psicóloga excepcional, que me ha inspirado y brindado un océano de conocimiento. Tus libros, recortes de periódico e inagotable sabiduría han enriquecido este manual de emociones.

A mi familia, porque todo de pronto parece ser risas y bromas, pero cuyo amor es inmenso y constante. Gracias por siempre estar ahí, apoyándome y siendo un respaldo importante.

A mis amistades que se han vuelto familia elegida. Su apoyo y cariño han sido invaluables en este viaje.

A mis colegas que han enriquecido mi perspectiva profesional. Compartir la parte humana de nuestra profesión es un orgullo y un regalo.

A todas las personas que siguen la cuenta de 1 minuto de psicología, su inspiración me impulsó a realizar este libro. Cada interacción y comentario me motivaron a plasmar estas emociones en papel.

Este manual es el resultado del esfuerzo conjunto, el apoyo mutuo y la pasión compartida. Desde lo más profundo de mi corazón, ¡muchas gracias!

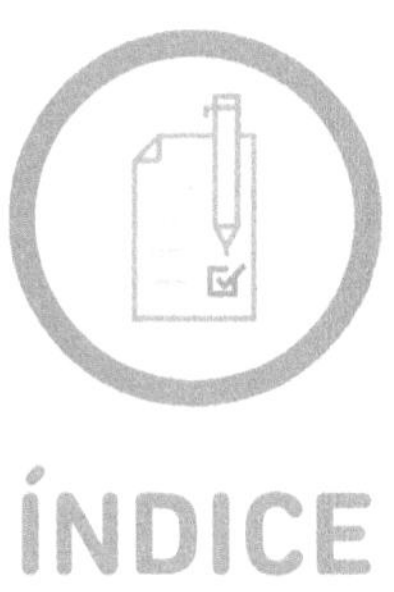

ÍNDICE

INTRODUCCIÓN

¡Te doy la bienvenida al *Manual de las emociones. 1 minuto de psicología!* En sus páginas encontrarás una variedad de ejercicios diseñados para ayudarte a identificar y comprender tus emociones. También aprenderás a manejarlas de manera saludable y a utilizarlas como herramientas para tu desarrollo personal. Todo esto, explicado de manera muy lúdica, aunque muy significativa.

Reconocer y comprender qué hay en tu interior es fundamental para el bienestar emocional y mental. La mejor manera de lograr esto último es experimentar y expresar las emociones de forma auténtica y sin juzgarte.

A medida que te sumerjas en este viaje de autoexploración, mantén una mente abierta y receptiva. Así reconocerás las señales que las emociones te envían, podrás gestionarlas de manera saludable y las utilizarás como guía en tu vida diaria.

Recuerda que la alegría, la tristeza, el enojo, el miedo, el desagrado/asco, la sorpresa, la culpa y la vergüenza tienen un propósito y un mensaje para ti. Eso aprenderás en este libro.

Me siento contentísima de acompañarte en esta aventura, donde descubrirás la riqueza y profundidad de tu mundo interno.

PRIMERA PARTE

1. EMOCIONES

Para ser algo que nos acompaña en todo momento —que influye en nuestras decisiones diarias, que nos mueve o nos detiene, nos ayuda a sobrevivir, a comprender y comunicarnos con las demás personas y a entender lo que necesitamos—, las conocemos muy poco.

Las emociones no son algo que se nos enseñe a profundidad. Me hubiera encantado tener una materia en la escuela que fuera algo así como Introducción a las Emociones, y que continuara conforme yo crecía. Estoy segura de que no soy la única que ha deseado esto. Sin embargo, no fue así. Probablemente, lo único que oímos en la escuela hayan sido frases como "ya no llores" o "no estés enojado: así nadie te va a querer". Claro, entiendo que tampoco a las generaciones que estuvieron antes que nosotros se les enseñó acerca de este tema tan importante. ¿Cómo les iban a enseñar algo que desconocían? Eso nos corresponde ahora.

Con este libro tengo la oportunidad de revindicar lo que me hubiera gustado que me enseñaran en mi infancia, adolescencia y hasta en mi adultez. Quiero que este manual sea dinámico, práctico y fácil de entender.

Mi nombre es Adály Eliza López Sierra y mi segunda carrera (la que ejerzo actualmente) es Psicología. La primera fue Ingeniería en Industrias Alimentarias, pero ésa ya será una historia para otro momento. Tengo una especialidad en Terapia Clínica Sistémica y una maestría en Psicología Clínica. Como psicoterapeuta sistémica, me dedico con pasión a trabajar con temas sensibles, como el abuso sexual y otras formas de violencia. Como parte de mi compromiso de establecer espacios donde se pueda hablar de la salud mental sin estigmas, durante la pandemia creé un proyecto en redes llamado 1 minuto de psicología, el cual jamás imaginé que llegaría a resonar en tantas personas. Honestamente, pensé que mi esposo, familia y amistades serían los únicos que iban a seguir la cuenta. Sin embargo, llegó a más espacios. Eso me entusiasma muchísimo y a la vez me da una responsabilidad inmensa. Han pasado más de tres años con este proyecto, y agradezco de todo corazón que ahora estén aquí, acompañándome con la lectura de este libro.

Yo te acompañaré en este viaje. Tú irás construyendo tu historia y le pondrás nombre y apellido a todas las experiencias que involucran las emociones.

Lo escribí en forma de metáfora de un recorrido, porque cada quien tiene su camino, una historia única y personal. Y ésta es la historia de todo eso que sientes.

ACLARACIÓN

Es importante aclarar, y también es mi responsabilidad decirlo: **este manual de ninguna forma pretende sustituir el tratamiento terapéutico y no es equivalente a que vayas a terapia.** Es un material psicoeducativo que puede ser una herramienta para aprender acerca de las emociones y su gestión. Si actualmente estás pasando por una situación abrumadora, te recomiendo acudir con un especialista de la salud mental. Incluso, si quieres, puedes enseñarle este libro para que vea lo que estás haciendo por tu cuenta.

2. ¿DE QUÉ ME SIRVE ESCRIBIR ACERCA DE LAS EMOCIONES?

Cada persona tiene una historia que merece ser contada, aunque sea de manera personal. Lo extraordinario de un manual es poder escribir en éste con libertad y curiosidad porque mientras lo llevas a cabo estás dedicando tiempo para explorar respecto a tus experiencias de vida y expresarte de la manera que tú desees, sin esperar la aprobación de nadie más. Esto es hecho por ti y para ti.

Hay diferentes tipos de manuales. Yo quiero que éste en particular te lo imagines como si fueras explorador y, sin juzgar, irás anotando tus experiencias, sensaciones, pensamientos y conductas conforme vayan surgiendo. Puedes escribir durante el día, al tener algún *break* a la hora de comer, antes de acostarte, al levantarte..., en el momento que quieras y las veces que quieras. Es decir: puedes ir llenándolo a tu ritmo. También siéntete libre de hacerlo tan detallado, extenso o breve como necesites. Es tu manual, tu narrativa, tu espacio seguro.

Algo que me gusta de contar nuestra historia es que, como lo indica la terapia narrativa del antropólogo de origen canadiense David Epston:

> El término *narrativa* implica escuchar y contar o volver a contar historias sobre las personas. La idea de escuchar o contar historias puede configurar realidades nuevas. Los seres humanos evolucionamos como especie hasta utilizar los relatos para organizar, predecir y comprender la complejidad de las experiencias de la vida.

Leído lo anterior, date permiso y la oportunidad de contar tu historia. Aquí te presento algunos de los posibles beneficios de escribir de forma consciente en este manual:

1. Atiendes con plenitud lo que piensas y sientes en el momento presente.
2. Ejercitas la autoconciencia emocional.
3. Identificas patrones de conducta.
4. Conectas mente y cuerpo.
5. Observas y tienes curiosidad al respecto de tu crecimiento personal. Amplías tu autoconocimiento. Es una oportunidad para conocerte mejor.
6. Te expresas libremente.
7. Mejoras la regulación emocional.
8. Facilitas la resolución de conflictos.

3. "¿Y POR DÓNDE EMPIEZO?": ENTENDIENDO LAS EMOCIONES

¿Qué son?

Nos acompañarán toda la vida, las experimentamos a lo largo de nuestro día en diferentes intensidades y en muchas ocasiones sucede que sentimos más de una a la vez.

Quiero que te imagines que estás en tu asiento en tu cafetería favorita, estás en un estado de relajación, saboreando tu bebida, escuchando una música apacible y sientes tu respiración profunda y en calma. Cuando de repente ves llegar a la persona que te gusta. En ese momento, por tratarse de quien te encanta, tu cerebro comienza a liberar un montón de químicos, y eso activa una cascada de cambios fisiológicos. Tu corazón late más rápido, tu estómago revolotea, quizás hasta tu cara se enrojezca y suspires. A lo mejor, si es alguien que ya conoces y ya has hablado con esa persona, sentirás ese deseo de ir hacia donde está y decirle: "Hola". Tal vez si la última vez que hablaste con esa persona pasaste un momento vergonzoso, quizá tu respuesta sea fingir que no la ves o querer salir de ahí a como dé lugar. Todo tu cuerpo está respondiendo porque viste a esa persona, tu cuerpo está respondiendo a ese estímulo.

Ése es el poder de una emoción: es automática, es instantánea. Podemos responder en forma de conducta, pensamiento y sensación corporal. Y eso es algo que sucede siempre. Sentimos muchas emociones al mismo tiempo durante el día, incluso como respuesta a un solo estímulo.

Si ves a la persona que te gusta, a lo mejor sientes el deseo de acercarte, pero a la vez de alejarte, de huir o pretender que no la viste, y seguir tomando tu bebida y hacer de forma muy disimulada como si vieras tu celular.

Algo que también es importante mencionar es que las emociones tienen un inicio y un fin. Como reaccionan a un estímulo, eventualmente, en el caso de la persona que te gusta, cuando se vaya de la cafetería o tú te vayas de ahí o pongas tu atención en otra cosa o simplemente te acostumbres a su presencia, lo que sientes reducirá su intensidad.

Marc Brackett es un reconocido psicólogo norteamericano y experto en inteligencia emocional. Según su enfoque, una emoción puede definirse como una reacción breve y automática que surge en respuesta a un estímulo o situación específica. Es una experiencia subjetiva que involucra cambios fisiológicos, cognitivos y conductuales. Además, Brackett propone cinco componentes clave que integran las emociones:

Estados fisiológicos. Van acompañadas de cambios en el cuerpo, como aceleración del ritmo cardiaco, sudoración o tensión muscular. Estos cambios físicos forman parte integral de la experiencia emocional.

Experiencia subjetiva. Se experimentan de manera individual y subjetiva. Cada persona puede tener una experiencia emocional diferente frente a un mismo estímulo. (Seguramente alguna vez fuiste a una fiesta y te la pasaste maravilloso, pero si le preguntas a tu amigo que estuvo en esa misma fiesta, quizá te diga que fue la fiesta más aburrida a la que ha ido).

Expresiones faciales y corporales. Se reflejan en la expresión facial y en el lenguaje corporal. Por ejemplo, sonreír cuando se está feliz o fruncir el ceño cuando se está enojado. (Algunas veces el cuerpo nos está diciendo lo que estamos sintiendo antes de que podamos ponerle nombre a la experiencia).

Pensamientos y creencias. Nuestros pensamientos y creencias sobre una situación influyen en nuestras emociones. Nuestras interpretaciones y valoraciones de lo que nos sucede impactan en la experiencia emocional. (Supongamos que una persona bosteza mientras le platicas algo. Quizá puedas pensar que a la persona le pareces sumamente aburrida y que no le importas y eso seguro desencadenará ciertas respuestas dentro de ti, o quizá pienses que la persona está cansada y que eso no tiene que ver con lo que le estás diciendo. De esa manera, otro tipo de emociones empiezan a aparecer).

Acciones y comportamientos. También pueden influir en nuestras acciones y comportamientos. Por ejemplo, cuando nos sentimos enojados, podemos tener ganas de gritar o no querer escuchar lo que nos dicen, mientras que cuando estamos alegres, podemos sentir que queremos colaborar, escuchar y ayudar a las demás personas.

Piensa, por ejemplo, en algo reciente que te haya pasado y que fue importante para ti. Escríbelo.

¿Recuerdas cómo respondió tu cuerpo? ¿Qué sensaciones corporales tuviste?

Piensa como si hubieras estado al lado tuyo, ¿cómo se veía tu cara o tu cuerpo?

¿Qué creencias o pensamientos tienes al respecto de lo que sucedió? ¿Recuerdas qué estabas pensando?

¿Cómo respondiste ante esa emoción? ¿Recuerdas haber dicho o hecho algo? Incluso quedarte callado o quedarte inmóvil es una respuesta. Todo el tiempo estamos respondiendo, no existe "el no hacer nada".

Imagínate ahora reescribir cualquier recuadro de arriba, aunque sea un pequeño cambio. Ya sea modificar tu pensamiento sobre lo que pasó o la forma en la que respondiste. **Con que modifiques una de estas respuestas, lo demás puede ir cambiando, ya que todo está conectado, como engranaje.**

Emociones vs. sentimientos

¿Existe alguna diferencia entre la palabra "emociones" y la palabra "sentimiento"? Sí. A continuación, te comparto una tabla para aclarar cada término:

EMOCIONES	SENTIMIENTOS
Tienen un inicio y un final. Son de corta duración.	Podrían perdurar en el tiempo.
Son unidimensionales. Aparecen automáticamente al presentarse un estímulo interno o externo.	Son multidimensionales. Aparecen una vez que existe un proceso de pensamiento y reflexión sobre lo que estamos experimentando.
Son básicas y primitivas.	Han sido culturalmente codificados.
Son fácilmente observadas por otrxs.	No son tan fáciles de observar.
Incluyen alguna reacción fisiológica (me enrojezco, me dan escalofríos, se incrementa mi ritmo cardiaco, se liberan neuroquímicos, etcétera).	Son la respuesta interna hacia la emoción, hacia lo que estamos experimentando.

Voy a poner un ejemplo para aterrizarlo todavía más. Supongamos que tuve una discusión con una amiga. Esto hizo que el enojo apareciera. Si tú pasabas a mi lado, te podías dar cuenta claramente que estaba experimentando enojo (emoción). Se veía en mi cara, en mi lenguaje corporal y en mi tono de voz. Fue breve e intenso. Una vez que terminó la discusión, me sentía decepcionada (sentimiento) por cómo se había dado el encuentro y quizá me sintiera herida (sentimiento) o también traicionada (sentimiento). Eso que me quedó después de analizar e interpretar todo lo sucedido es el sentimiento.

Es como cuando comes y el primer bocado te sabe superfuerte, incluso si ya tomaste agua para limpiarte el paladar, pero aun así algunas notas de ese sabor permanecen por un tiempo en tu boca (las notas fuertes y de corta duración serían la emoción y el resabio sería el sentimiento).

¿Cuántas emociones primarias existen? Depende del autor que leas. Muchas fuentes indican que oscilan entre cuatro y ocho básicas. Lo importante no es contabilizarlas, sino saber de su existencia, poder identificarlas, nombrarlas y procesarlas. En este manual hablaremos de la alegría, la tristeza, el enojo, el miedo, el desagrado/asco, la sorpresa, la culpa y la vergüenza.

Los sentimientos aparecen conforme vamos creciendo, y a partir también de nuestras experiencias, aprendizaje, cultura, es decir, básicamente por nuestro contexto. Pero para no revolvernos, en este manual voy a integrar ambos términos como "emociones". Entonces cuando diga "emociones" me referiré a toda la experiencia que sentimos (integrando emociones y sentimientos). A menos que en algún ejercicio especifique lo contrario.

NUESTRO CONTEXTO INFLUYE EN LA FORMA COMO EXPERIMENTAMOS, EXPRESAMOS Y COMPRENDEMOS LAS EMOCIONES.

Rueda de las emociones

Basándome en el modelo bidimensional del profesor Robert Plutchik, a continuación, te presentaré una rueda de emociones. Es importante tener presente que **esta clasificación no es exhaustiva, pero puede darnos una idea bastante clara de cómo ir identificando algunas de éstas.** Incluso quiero que tú construyas una en uno de los ejercicios más adelante (ver apéndice).

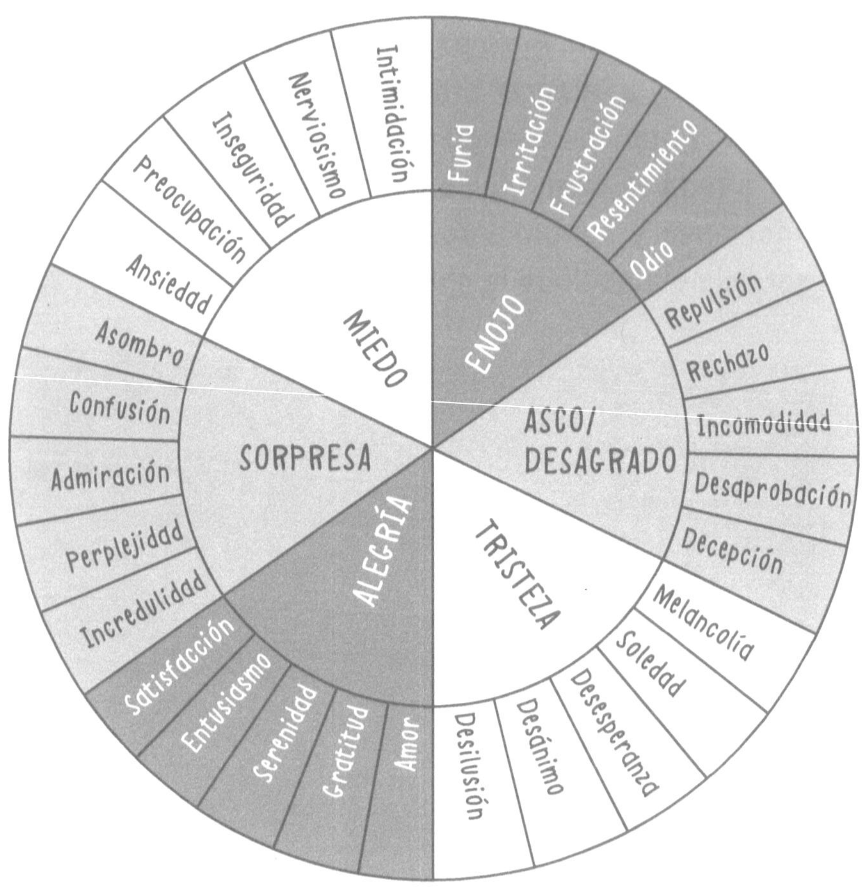

¿Para qué me sirven las emociones?

Me gusta imaginarlas como mensajeras o informantes, porque nos dan noticias de nuestro cuerpo, de la mente, del mundo exterior o de la manera en la que estamos procesando las experiencias. Nos dicen qué hacer con las sensaciones diarias que percibimos y nos ayudan a notar cosas que necesitamos atender.

¿Te ha tocado ver los noticieros en la televisión? Nunca descansan. Hasta en Navidad están ahí las personas dando las noticias. Lo mismo pasa con las emociones: no hay descanso y te informan de lo que estás experimentando. Son una respuesta a algo interno, como los pensamientos y las sensaciones corporales; o a algo externo, como a un evento, una persona, algo que vemos, escuchamos, sentimos, probamos, tocamos. También las emociones nos impulsan a preservar la vida (nos protegen, nos acercan o alejan de algo, nos ayudan a adaptarnos a una situación, a vincularnos socialmente). Asimismo, le dan sentido a lo que estamos experimentando, facilitan la toma de decisiones y el autoconocimiento. Más adelante veremos detalladamente la función/mensaje de las emociones.

Ahora bien, si las emociones fueran noticias, ¿cuál sería el titular el día de hoy? ¿Qué imagen tendría esa noticia?

2 h •••

¡Informe de último momento! El día de hoy me siento:____________________.

4 31

Mitos sobre las emociones

Mito 1. Podemos controlarlas. Realidad: **podemos manejarlas o gestionarlas, pero tener un absoluto y total control de éstas es algo imposible,** ya que muchas suceden, como ya lo leímos anteriormente, de manera inmediata.

Imagínate que estás en un edificio y de repente suena la alarma de incendio o de evacuación. Probablemente sentirás miedo en ese momento y quizás ese miedo hará que te muevas y estés más atento a tu alrededor. Te empujará a evacuar el edificio. Una vez que estés a salvo, le darás sentido a todo lo que sucedió.

Mito 2. Hay emociones buenas y malas. Realidad: son neutrales. Nuestro cuerpo no puede decirnos si alguna es buena o mala, más bien sabe si es placentera o no; si nos aumenta la energía (la alegría) o la disminuye (la tristeza). Todas las emociones tienen una función. Recordémoslo: **son mensajeras y guías hacia algo que necesitamos.**

Mito 3. Las emociones son señal de debilidad. Realidad: en el pasado se creía que no tenían una función y que eran un estorbo. Sin embargo, la desinformación no puede determinar lo que sentimos con respecto a lo que somos y estamos experimentando. **Tener información y estar en contacto con respecto a las emociones es una herramienta poderosa y útil, una señal de fortaleza.**

¿Cuál otro mito has escuchado?

Más adelante hablaremos un poco de cómo el ambiente en el que crecimos pudo haber influido en nuestras ideas de las emociones.

¿Qué sucede si las suprimimos?

Cada vez que intentamos "deshacernos" de éstas (*plot twist*: no es posible; las emociones simplemente están), no nos damos la oportunidad de recibirlas y disiparlas. Cuando las ignoramos, van a ir y venir como un péndulo o como las olas del mar, pero con mucha intensidad y por momentos más prolongados.

Suprimir las emociones se vería como algo así:

- Creer que no "debo sentirme de tal manera".
- Participar en actividades no saludables o juntarme con personas que no son seguras para evitar la incomodidad de sentir.
- Invalidar las emociones de las demás personas.
- "Explotar" por pequeñas situaciones.
- Catalogar las emociones como "buenas", "malas" o "débiles".
- Expresar gran incomodidad y desagrado al escuchar a alguien que habla sobre sus emociones.

Esta forma de reaccionar puede deberse a la forma en la que crecimos. Si en la niñez no había un lugar seguro para expresarlas, o a tu familia le desagradaba, te rechazaba o incluso te castigaban cuando hablabas sobre ellas, tiene sentido que ahora en el presente prefieras alejarte de esa experiencia emocional para protegerte. Pero al final de cuentas, el rechazar o suprimir lo que sentimos nos da una falsa sensación de seguridad. Es una solución temporal.

En pocas palabras: las emociones no desaparecen, simplemente encuentran la manera de seguir su curso (como el agua del río).

El primer paso es romper este patrón y permitirnos sentir lo que estamos experimentando sin juzgarnos. Claro, no significa agredir a la persona enfrente de ti sólo porque sientes enojo o aventar las cosas del escritorio porque tuviste una discusión con tu colega de trabajo. Se trata de encontrar la manera de expresar las emociones de forma saludable. También es importante mencionar que habrá ocasiones en las que estemos experimentando emociones fuertes y quizás en ese momento no podamos lidiar con lo que sentimos, porque estamos en un lugar donde no podemos procesarlo de manera activa o libre (por ejemplo: una junta muy importante de trabajo que requiera de toda tu atención).

Puedes preguntarte:

- ¿Es seguro expresar aquí lo que siento?
- Si no es seguro, ¿qué puedo hacer mientras encuentro un lugar o persona segura para hablarlo?

Posibles soluciones:

- Puedes retirarte un momento para ir al baño y pasarte agua fría por las manos o la cara.
- Haz ejercicios de anclaje (qué ves, qué sientes, qué escuchas, qué hueles, etcétera).
- Busca algún objeto con el que puedas jugar en tus manos y redirigirle tu atención.
- Sal a caminar un momento o a estirarte.

- Toma nota en tu celular sobre lo que sientes y prométete revisarlo más tarde.
- Puedes mandarle un mensaje a alguien de tu red de apoyo sobre lo que te está sucediendo y decirle que quieres hablar de eso más tarde.
- Repetirte a ti mismx: "Sé que estoy sintiendo muchas cosas y que es difícil, pero en este momento mi atención es requerida aquí y después me daré el tiempo de procesarlo (y cumplirlo)".

Por cierto, seguramente notaste por ahí la frase "red de apoyo"; en dicha red se consideran las personas y/o instituciones que pueden apoyarte en una situación difícil.

Sabemos que somos seres sociales y que no vivimos aisladxs; convivimos ya sea con familia, amistades, colegas de trabajo, vecinxs, etcétera. Aunque todas las personas tenemos una serie de características, recursos, habilidades y fortalezas que nos hace salir adelante de situaciones difíciles; contar con una persona y/o institución, que nos brinde apoyo puede hacer el camino más ligero —incluso si simplemente nos damos cuenta de que no estamos solxs.

Una red de apoyo permite hacerles frente a situaciones estresantes, es un elemento importante para nuestro bienestar ya que podemos encontrar un espacio seguro donde podemos compartir nuestras experiencias.

Existen dos tipos de redes de apoyo:

- Formales: pueden ser centros de ayuda, instituciones, profesionales de la salud, asociaciones, etcétera.
- Informales: pueden ser amistades, colegas de trabajo, familia, pareja, vecinxs, etcétera.

Estar conscientes de quienes forman parte de nuestra red de apoyo puede ayudarnos en situaciones difíciles. Y es importante saber que no se trata de cantidad de personas, sino de la calidad de ese vínculo.

En un día difícil en el que necesito ayuda...

Estas son las personas con las que me puedo comunicar:

Nuestro cerebro y las emociones

Imagina que tu cerebro es como una orquesta y que las emociones son los músicos que tocan diferentes instrumentos. Aquí tienes un desglose de cómo funciona:

Corteza prefrontal. Es responsable de la toma de decisiones y del razonamiento. Podemos considerarla como la directora de la orquesta. Ayuda a evaluar y gestionar nuestras emociones.

Esta parte es donde planeamos y resolvemos problemas. Nos ayuda a repensar (metacognición) las decisiones y sus consecuencias antes de actuar. Nos facilita reconocer y entender lo que sentimos, así como autorregularnos. ¡Ufff! Tiene una chamba muy importante. Y pensar que termina de desarrollarse por completo hasta los veintitrés o veinticinco años.

Amígdala. Esta pequeña estructura en forma de almendra, ubicada en el centro del cerebro, desempeña un papel crucial en el procesamiento del miedo y la ansiedad. Podemos pensar en la amígdala como el músico que toca el instrumento de alarma. Nos ayuda a mantenernos a salvo, le avisa al cuerpo si hay peligro para que pueda responder ante ello.

Hipotálamo. Dirige la orquesta. Controla la liberación de hormonas, incluyendo las que están relacionadas con el estrés y el placer. También está involucrado en regular funciones corporales básicas, como el hambre y la sed.

Cuerpo estriado. Se encarga de las recompensas y la motivación. Podemos ver el cuerpo estriado como el músico que toca el instrumento de la felicidad y la satisfacción.

Cuerpo calloso. Esta estructura conecta los dos hemisferios cerebrales y les permite comunicarse entre sí. Actúa como un puente para que todas las partes del cerebro trabajen juntas en armonía.

En conjunto, estas partes del cerebro colaboran para procesar y regular nuestras emociones. Es como si los músicos estuvieran coordinando sus notas para crear una melodía única. A veces, ciertos integrantes de la orquesta pueden "tocar" más fuerte o desafinar, lo que podría afectar cómo nos sentimos.

Recuerda que el cerebro y las emociones son temas complejos, pero esta analogía de la orquesta puede ayudarnos a comprender de manera básica cómo funcionan.

Vamos a ver un ejemplo: imagina que estás caminando en el bosque tranquilamente y que de repente sale un oso enorme y se acerca a ti corriendo; parece que te quiere atacar. Entonces, tu cerebro entra en acción con todo lo antes mencionado para ponerte a salvo: ¿peleas contra el oso?, ¿corres?, ¿no te mueves para que no te perciba como una amenaza y salgas con vida?, ¿gritas por ayuda?, ¿evalúas el lugar donde estás para localizar algún sitio seguro?, etcétera.

Es probable que en la vida real no nos topemos con osos a cada rato, pero sí con otro tipo de experiencias que nuestro cerebro puede tomar como una amenaza. Quizás ese oso sea una persona abusiva del trabajo, un examen sumamente difícil que estás a punto de afrontar, una presentación que vas a dar en vivo, una discusión con tu pareja, etcétera. Todo el tiempo respondemos ante "osos" allá afuera.

Preparando mi maleta/mochila para visitar las emociones

Antes de iniciar con este recorrido, es importante que te alistes. Si has viajado anteriormente, sabes que te preparas dependiendo del destino al que vayas. Y en una mochila o maleta colocas todas las cosas que puedas necesitar. Lo mismo sucede en este caso. Es importante que, antes de visitar tus emociones, prepares el equipaje para tener todo listo y así llevar al viaje sólo lo necesario y dejar atrás lo que no nos funciona.

Quitándole peso a la maleta/mochila
Explorando nuestro pasado

Lo primero que vamos a hacer es quitar de esa maleta o mochila lo que no necesitamos, el peso que probablemente nos haga el camino más difícil y cansado. ¿Te ha pasado alguna vez que te has llevado al viaje más cosas de las que verdaderamente necesitas? Cosas que ocupan espacio, pesan y no permiten traer de regreso algún *souvenir* (o en este caso, aprendizaje), porque no cabe.

Eso haremos con nuestra maleta o mochila: **vamos a quitar las cosas que nos pudieran estorbar o generar un peso innecesario.** ¿Y cómo? Exploraremos nuestro pasado y reflexionaremos sobre cómo se manejaba el tema de las emociones en nuestra familia.

Si en nuestra niñez no se nos hablaba de éstas o no se nos permitía expresarlas, puede ser que de adultos:

- Batallemos para identificar lo que sentimos.
- Se nos dificulte expresarlo.
- Sea difícil regular lo que sentimos.

- Usemos estrategias que tal vez no nos hacen bien para lidiar con lo que sentimos.
- Nos avergoncemos o temamos compartir lo que sentimos.
- Suprimamos lo que sentimos porque es algo que aprendimos por muchos años.

¿Te suenan algunas de estas frases?

- "En esta casa no se llora."
- "Qué feo te ves llorando."
- "Si te vas a enojar, mejor me voy."
- "¡Ya!, no es para tanto, no pasa nada."
- "No seas miedosa: qué exagerada eres."
- "¿Por qué no puedes reaccionar como tu hermano?"
- "No llores, no vas a resolver nada así."
- "Te voy a dar una verdadera razón para llorar."

A lo mejor en nuestra casa nos sabíamos la tabla de multiplicar del dos a la perfección, pero ¿qué tal lidiar con la frustración de una forma que nos ayude? Cada familia tiene una filosofía distinta acerca de las emociones. Para algunas, sentir enojo está muy bien porque significa que no te dejas y eres fuerte, mientras que la tristeza está mal porque significa que eres débil, como de "cristal" y no toleras la frustración.

También puede haber sesgo frente al género. Esto es algo que he visto con frecuencia en consulta y duele escucharlo. Si eres hombre no debes sentir miedo porque eres valiente y fuerte, pero el enojo es bienvenido. Mientras que para la mujer sentir miedo está bien porque es "frágil" y debe ser "protegida", sin embargo, el enojo no está permitido porque "así no te van a querer".

NOTA IMPORTANTE. Seguramente tus papás hicieron lo mejor que pudieron con la información, recursos y herramientas que tenían en el momento. Si les preguntas, es probable que sus propios padres (tus abuelos) les enseñaron lo mismo, o quizá ni se les mencionó el tema de las emociones. ¿Te imaginas lo difícil que debió haber sido para ellos tratar de entender sus propias emociones más las de sus hijos/as? Pero bueno, ése es un tema aparte.

Para continuar este viaje abre esa mochila que tú ya traes y comienza a hacer limpieza. ¿Cómo? Hazte preguntas para reflexionar respecto a si las creencias que antes tú o tu círculo cercano tenían acerca de las emociones es algo que ahora te hace sentido o habría que reformularlas.

Preguntas de reflexión

¿En tu casa se hablaba de las emociones? ¿Alguna estaba prohibida? ¿Tenías la seguridad de expresarlas? ¿Había consecuencias?

"¿Se me hará tarde para el viaje?" No, no es tarde

Aprendizaje continuo

Pero entonces, ¿si yo crecí aprendiendo que no podíamos expresar nuestras emociones sin ser juzgados o rechazados eso significa que no voy a poder gestionarlas ni expresarlas de una forma que a mí me funcione o me haga sentido?

Para nada, claro que se puede. El aprendizaje es continuo y siempre podemos crear nuestra propia narrativa, una que nos haga sentido a nosotrxs, e ir descubriendo y fortaleciendo nuestros recursos y herramientas.

El objetivo del *Manual de las emociones. 1 minuto de psicología* es que vayamos explorando juntxs. Tú eres la persona experta de tu vida, por ello vamos a usar esa experiencia para descubrir las formas en las que las emociones te sirven para cumplir tus objetivos y no como un obstáculo.

Preguntas de reflexión

¿Hay algo nuevo que hayas identificado y aprendido de las emociones? ¿Qué relación te gustaría tener con ellas?

____

____

____

____

____

____

"¿Está bien lo que estoy sintiendo?"

Ni buenas ni malas, ni correctas o incorrectas

Las emociones tienen una función: **pueden ser placenteras o displacenteras y son consideradas como adaptativas o desadaptativas.** Sus características se manifiestan dependiendo del momento en el que surgen y de su intensidad. Y sobre todo del impacto que tienen en nosotrxs.

Ejemplo 1. "Me sentí superenojadx con mi compañero de trabajo porque no nos pusimos de acuerdo con una entrega y le grité del coraje que traía. Ya no me pude concentrar en todo el día. Me empezó a doler el estómago". Éste es un ejemplo de cómo nuestra respuesta a la emoción puede volverse desadaptativa. Es totalmente válido el enojo que se presenta, pero, lejos de que esa emoción fuera funcional y ayudara a establecer límites o manifestar inconformidades, la persona decide agredir verbalmente a un compañero, estuvo desconcentradx y se sintió mal del estómago.

Ejemplo 2. "Sentí mucha envidia de mi colega del trabajo y estoy dejando de concentrarme en lo mío por estarme comparando. Me está perjudicando en mi desempeño laboral, estoy más a la defensiva o irritable con mi colega". Éste es otro ejemplo de cómo podemos responder de forma desadaptativa.

Ejemplo 3. "Sentí celos de mi pareja, respiré profundo y me detuve a reflexionar lo que me hacía sentir así. Cuestioné mis pensamientos y pude

platicar con mayor tranquilidad con mi pareja acerca de lo que sentía. Pudimos tener mejores acuerdos y mejorar la comunicación". Así podemos responder de manera adaptativa a una emoción.

Recuérdalo: siempre eres responsable de la manera en la que respondes ante una emoción.

Pregunta de reflexión

Piensa en una emoción displacentera (por ejemplo: miedo, enojo, tristeza). La última vez que la sentiste, ¿en qué te ayudó sentirla en ese momento?

Explorador de las emociones

Si vamos a hacer este viaje, es importante hacerlo como exploradores. ¿Qué quiere decir esto? Vamos a observar, ser curiosxs al respecto, involucrar nuestros sentidos, tomar nota, aprender del camino, quedarnos con las cosas que nos puedan servir y si después del viaje tenemos más dudas al respecto, ¡qué maravilloso! Podemos seguir investigando, ¡que el aprendizaje no se detenga aquí!

Recordemos que el explorador NO JUZGA. **Necesitamos jueces y críticos para temas de ley, pero no para nuestras emociones.**

MENOS JUEZ	Castigar, aislar, evitar o rechazar.
MÁS EXPLORADOR	Tener curiosidad, reconocer que hay emociones incómodas. Observar sin sobreidentificarme con la emoción (es decir, yo la siento, pero no soy la emoción).

Las cosas por su nombre

Cuando sentimos una emoción es muy valioso que podamos etiquetarla para experimentarla apropiadamente. Ponerle palabras a nuestra experiencia nos ayuda a sentirnos más en control, con mayor conocimiento. Permite organizar y darle sentido a lo que estoy experimentando.

Lo que al principio puede ser algo enredado, algo sin pies ni cabeza o algo innombrable (como Voldemort de Harry Potter), al ponerle nombre es como si tomáramos el poder.

El conocimiento me da seguridad ya sea simplemente para sentir la emoción o hacer algo al respecto con lo que siento. Nombrarla no sólo ayuda a saber lo que sientes, sino también a comunicarlo, a otorgar realidad y a identificarlo en otras personas. Las emociones se vuelven una forma de comunicación, una manera de compartir nuestra experiencia.

Desarrollar un vocabulario de emociones requiere práctica, sobre todo si nuestro diccionario era "me siento bien" o "me siento mal".

Un ejercicio que ayuda para expandir este vocabulario es ir identificando y etiquetando lo que sentimos en diferentes situaciones de nuestro día.

Por ejemplo: vamos a decir que vas tarde al trabajo y no avanzas por el tráfico. ¿Te acuerdas del círculo de las emociones que teníamos anteriormente? Escogemos por lo menos una de las principales (las del círculo interior: alegría, enojo, tristeza, miedo, desagrado/asco, sorpresa). Entonces digamos que siento enojo y miedo porque voy tarde al trabajo. El enojo se debe a que hay mucho tráfico y avanzo muy lento, pero también siento miedo, porque puede ser que mi jefe se moleste por mi retraso.

Después vamos a elegir mínimo una emoción del segundo círculo.

Por ejemplo: había dicho enojo. Entonces, más específicamente, siento frustración por el hecho de que voy tarde y, encima, justo el día de hoy, hay más tráfico del acostumbrado y no puedo hacer nada para cambiarlo. También había dicho miedo, y, siendo más específica, adentrándome más en ese círculo de las emociones, siento preocupación de que mi jefe se dé cuenta de que llegué tarde y me reclame.

Puedes hacer diariamente este tipo de ejercicios. Podrías detenerte unos segundos e ir poniéndole nombre a la experiencia que sientes. Y si lo que sientes no está en el círculo que te compartí, no te limites a ello, tú extiéndete.

Este tipo de ejercicios nos ayuda a ampliar y poner en práctica nuestra alfabetización de las emociones.

¿Cómo puedo identificar lo que siento si me resulta difícil nombrarlo?

Para solucionarlo, aquí van algunas preguntas de reflexión:

- ¿Qué sientes en el cuerpo? Por ejemplo: un nudo en la garganta, presión en el pecho, revuelto el estómago, etcétera.

  ____

  ____

  ____

- ¿Qué ocurrió? ¿Qué lo detonó?

  ____

  ____

  ____

- Si esa sensación pudiera pronunciarse con palabras, ¿qué crees que diría?

  ____

  ____

  ____

- ¿La has sentido anteriormente? De ser así, ¿cómo la llamaste en aquella ocasión?

  ____

  ____

  ____

- ¿Cómo la describirías con tus propias palabras?

____

____

____

- Si le pudieras dar un nombre a esa emoción, ¿cuál sería?

____

____

____

- Pruébalo en voz alta para ver si te hace sentido: "Yo siento   ".

____

____

____

- Recuerda decir "yo siento   " en lugar de "yo soy   ". Por ejemplo: "Yo siento enojo", en lugar de "yo soy enojón/a".

____

____

____

También podemos jugar un poquito y ser creativos cuando se trata de explorar lo que sentimos. Se vale pensar fuera de la caja y nombrar a esta experiencia con algo que a ti te haga sentido (que es lo importante).

Algunos ejemplos:

SI LO QUE SIENTES FUERA EL CLIMA

¿cuál sería tu reporte del clima hoy?

HOY EL CLIMA ESTÁ:

Reflexiona la razón

SI LO QUE SIENTO TUVIERA UN COLOR

¿cuál sería tu reporte del clima hoy?

Ej. (para representar el enojo)
Me imagino un volcán enorme que está en erupción, el color de la lava es rojo intenso

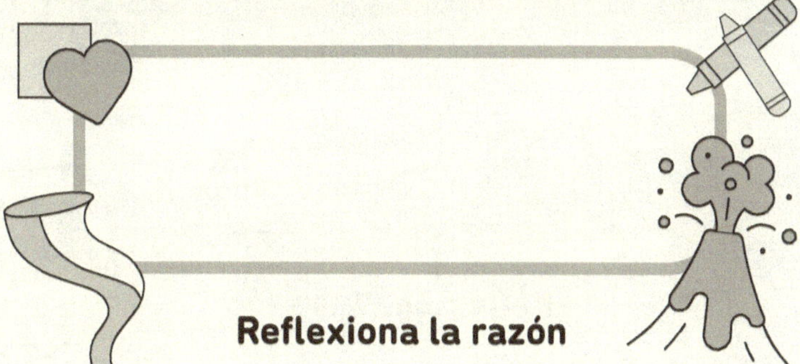

Reflexiona la razón

SI LO QUE SIENTO FUERA UNA CANCIÓN
¿cuál sería?

(Puedo también inventarme un título)

Reflexiona la razón

SI LO QUE SIENTO FUERA UNA PELÍCULA
¿cómo se llamaría?

(Puedo también inventarme un título)

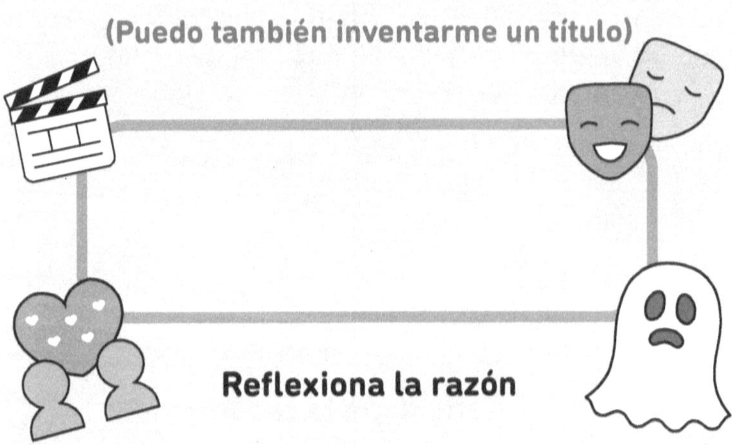

Reflexiona la razón

Se vale invitar a la creatividad y encontrar diferentes maneras de describir lo que sentimos, lo importante es identificarlo, ponerle un nombre, una figura, una melodía, un color, lo que se te ocurra para darle un sentido personal a la experiencia.

Validar mis emociones

¿Cómo suena validarme?

Validar significa darle espacio a lo que estás sintiendo, sin juzgarlo ni etiquetarlo como bueno o malo, correcto o incorrecto. Simplemente reconocer lo que estás sintiendo. No siempre necesitamos de alguien más para validar lo que sentimos, eso lo podemos hacer también de forma individual.

Ejercicio para validar lo que sientes:

Paso 1. Reconocer lo que sientes. Por ejemplo: "Yo siento tristeza".

Paso 2. Recordarte que tienes permitido (y es humano) experimentar cualquier emoción.

Paso 3. Conecta eso que sientes con algún evento o experiencia. Por ejemplo: "Me siento triste porque terminé con mi pareja y eso me duele; es válido que me sienta así". Eso nos ayuda a procesarlo en lugar de evitarlo o tratar de hacerlo diferente.

Algunos ejemplos de cómo suena validarte:

- "Estoy pasando por un momento difícil: tiene sentido que me sienta triste."
- "Estoy teniendo una reacción normal a lo que está sucediendo."
- "Mis emociones y sentimientos son importantes."
- "Me siento abrumadx por la cantidad de trabajo que tengo."
- "El día de hoy fue un día difícil para mí; me siento cansadx, quiero descansar y eso está bien."

Ahora inténtalo tú, ¿cómo validarías lo que estás sintiendo ahorita?

¿Qué pasa en mi cuerpo?

El cuerpo sabe aquello de lo que la mente aún no se ha dado cuenta.
ANTÓNIO DAMÁSIO, neurocientífico

Si queremos emprender este viaje para conocer las emociones, necesitamos hablar de las sensaciones corporales. ¿Puedes identificar cuando sientes tus manos sudorosas, si te sonrojas, si sientes el corazón acelerado, si sientes un nudo en la garganta? Cuando tenemos esa conciencia de lo que pasa en nuestro cuerpo, podemos tener un mayor conocimiento de lo que sentimos, de la experiencia. Es decir, conectar mente y cuerpo.

Quizá no sepas inmediatamente ponerle nombre a la emoción que experimentas, pero si logras nombrar las sensaciones de tu cuerpo que la acompañan, tendrás una impresión de control, de que sabes lo que está pasando.

También quizá logres identificar que determinada sensación corporal ya la hayas experimentado anteriormente, y que no se trate de miedo, sino de entusiasmo. No siempre tienes que usar palabras para lo que sientes, también puedes simplemente sentirlo.

Ejercicio para ponerlo en práctica

Describe cómo te sientes en este momento SIN ahondar en tus pensamientos o emociones, solamente detalla las sensaciones de tu cuerpo. Por ejemplo: "Siento una presión en mis hombros, mi corazón se encuentra acelerado, mis piernas intranquilas".

Ahora sí, asegúrate de llevarte lo que necesites y dejar atrás lo que ya no te sirve.

¡Bienvenidx al mundo de las emociones!

SEGUNDA PARTE

4. ALEGRÍA

La Alegría, como un susurro suave, a menudo pasa desapercibida en nuestra vida cotidiana, pero su ausencia nos recuerda su poder transformador.

Llena de entusiasmo y vitalidad, la Alegría es quien nos dará la bienvenida en esta primera parada del viaje hacia el conocimiento de las emociones.

Imagínate su reino, un lugar lleno de colores vivos y brillantes, donde el sol resplandece y las sonrisas están presentes, un lugar mágico.

La Alegría, con su energía desbordante y su risa contagiosa, nos muestra las maravillas de experimentar la emoción que lleva su nombre. Ella se presenta como un personaje contento y optimista, con vestimenta vibrante que refleja la luminosidad que emana de su interior.

Durante su plática, la Alegría menciona lo siguiente:

¡Hola! ¡Me gusta que estés aquí! Mi función es traer brillo y felicidad a tu vida. Soy la emoción que te llena de vitalidad, entusiasmo y positividad. Mi objetivo es ayudarte a encontrar momentos de disfrute en cada día.

Algo curioso de mí es que las personas no siempre se dan cuenta cuando estoy presente. Pero lo que sí notan es mi ausencia.

Las personas me sienten en diferentes partes del cuerpo. Algunas, en la cara; otras, en el estómago, o a veces hay quien dice que me siente en todo el cuerpo, como electricidad.

Las personas responden de diferentes maneras cuando aparezco: algunas ríen, bailan, sonríen, les dan ganas de compartir, entre otras cosas.

Cuando me hago presente, puedo ayudar a disminuir un malestar, a reconocer algo que te gusta o es agradable, y te permito disfrutar de las cosas, crear vínculos con otras personas, entre otras situaciones.

Es importante recordar que no sólo estoy presente en los grandes eventos o logros. También estoy en las cosas más pequeñas y simples. Una forma de cultivarme es prestar atención a los detalles cotidianos que te hacen sonreír: una canción que te gusta, una taza de café caliente, un chiste divertido, un paseo con tu perro en el parque o un abrazo sincero.

Recuerda también que soy contagiosa. Cuando me permites estar presente y me compartes con los demás, puedes marcar una diferencia en sus vidas también. La risa y la felicidad se multiplican cuando las compartes. Además, recuerda que no soy constante, y está bien permitirte sentir otras emociones. Las emociones, como yo, van y vienen. Forman parte de la vida.

¿En qué parte del cuerpo sientes la Alegría cuando aparece?

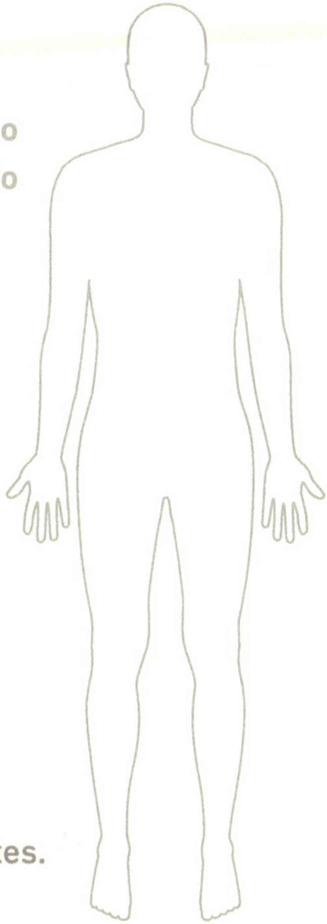

Indica o colorea
la zona en donde la sientes.

¿En qué situaciones se manifiesta? ¿Qué está ocurriendo cuando se hace presente?

¿Cuáles consideras que son sus detonantes?

¿Cómo describirías con tus propias palabras la sensación de Alegría?

¿Se te ocurre algún otro sentimiento que normalmente la acompañe cuando aparece?

El mensaje de la Alegría: si lo que sientes pudiera pronunciarse con palabras, ¿qué te diría?, ¿qué necesita?, ¿qué mensaje te está dando? Cuando está presente, ¿cómo la expresas o comunicas? y ¿cómo la gestionas?

Alegría ha entrado al chat.

Hola, Alegría, ¿qué me quieres decir?

¿Qué necesitas?

Cuando Alegría está presente, ¿cómo lo expresas o comunicas?

¿Cómo la gestionas? Recuerda que gestionar una emoción no significa que desaparezca sino que puedas sobrellevar el momento.

¿Qué te ha funcionado anteriormente?

¿Qué aprendí? ¿Qué me llevo?

5. TRISTEZA

La Tristeza, como una suave lluvia, nos nutre
y brinda la oportunidad de crecer y florecer
en medio de los momentos más difíciles.

A continuación, nos adentramos al mundo de la Tristeza. En este lugar, conforme avanzas, te das cuenta de que tu paso se desacelera, vas más despacio; también te percatas de las tonalidades azules que existen. Te encuentras rodeado de cortinas de lluvia, nubes grises y difusas, las cuales crean una iluminación suave y difuminada en todo el entorno. En este lugar se experimenta un silencio que te invita a sumergirte en tus pensamientos y establecer un ambiente de introspección.

Y de repente aparece la Tristeza. Se presenta como un personaje con serenidad, con tonos azules en su atuendo y una voz en apariencia frágil, suave y con un toque de melancolía.

Te dice:

Cuando aparezco, la energía de tu cuerpo empieza a bajar. Hago que te muevas más lento para que veas lo que está pasando y puedas recuperarte, encontrar lo que te haga sentir mejor y para que te sea más fácil sanar lo que sea que te haya lastimado.

Me han dicho que cuando me hago presente, me sienten en la garganta, a veces en el pecho o en ocasiones con un nudo en el estómago.

Cuando llego a ti, puedes responder con lágrimas. Éstas son muy importantes porque te ayudan a sacar el dolor, a buscar respuestas, a comunicar lo que sientes, a recibir apoyo de los demás, entre muchas otras cosas. Al hacerle saber a otras personas que necesitas ayuda, te pueden acompañar y te darás cuenta de que no estás solx, y esto es una herramienta muy poderosa.

Estoy aquí para que al desacelerarte puedas reflexionar sobre tus necesidades y procesar las pérdidas, decepciones y otros momentos difíciles de la vida.

Si permanezco durante un periodo prolongado y empiezo a afectar tu calidad de vida, es importante buscar apoyo de un profesional.

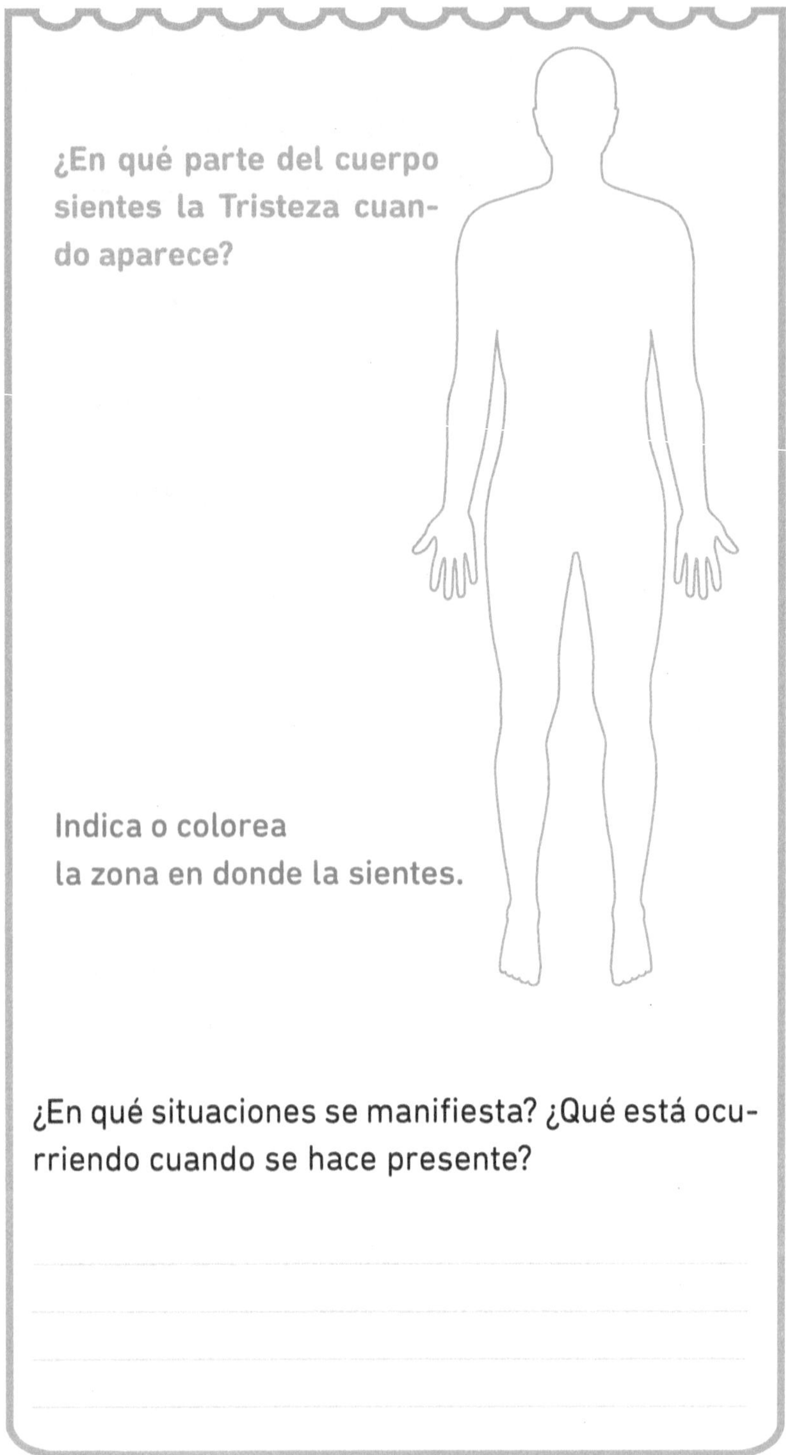

¿En qué parte del cuerpo sientes la Tristeza cuando aparece?

Indica o colorea
la zona en donde la sientes.

¿En qué situaciones se manifiesta? ¿Qué está ocurriendo cuando se hace presente?

¿Cuáles consideras que son sus detonantes?

¿Cómo describirías con tus propias palabras la sensación de Tristeza?

¿Se te ocurre algún otro sentimiento que normalmente la acompañe cuando aparece?

El mensaje de la Tristeza: si lo que sientes pudiera pronunciarse con palabras, ¿qué te diría?, ¿qué necesita?, ¿qué mensaje te está dando? Cuando está presente, ¿cómo la expresas o comunicas? y ¿cómo la gestionas?

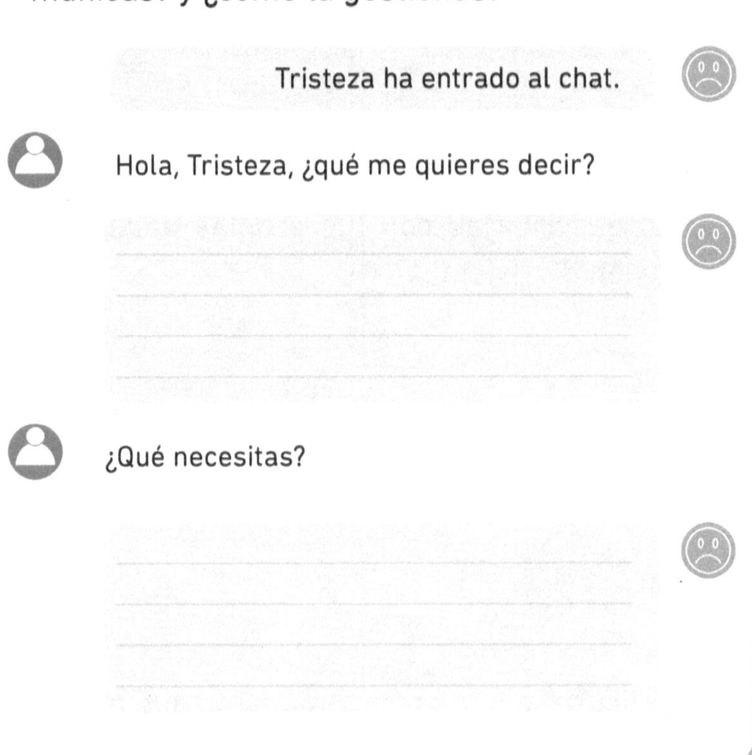

Cuando Tristeza está presente, ¿cómo lo expresas o comunicas?

¿Cómo la gestionas? Recuerda que gestionar una emoción no significa que desaparezca sino que puedas sobrellevar el momento.

¿Qué te ha funcionado anteriormente?

Ejercicio de regulación emocional

Recordemos que cada persona es única, por lo tanto, lo que a ti te funcione puede ser muy diferente a lo que le funcione a alguien más, aunque esté sintiendo la misma emoción. El contexto de la persona siempre importa.

Esto es algo que irás descubriendo tú en el camino. Llorar es una forma de autorregulación; hablar con alguien de confianza, también. De igual manera, es útil escribir o dibujar lo que sientes, descansar o simplemente "sentarte" en la emoción, permitirte sentirla y hacerle un espacio.

¿Qué aprendí? ¿Qué me llevo?

6. ENOJO

> Si el que se enoja pierde, es porque está sintiendo una emoción normal y esperada, la cual nos ayuda a alzar la voz, detectar injusticias y defendernos.

Al continuar el camino, nos damos cuenta de que la temperatura aumenta, se va sintiendo cada vez más calor. En esta parada de nuestro viaje emocional, nos adentraremos en un lugar lleno de energía intensa: el reino de Enojo, donde somos recibidos por un paisaje ardiente, con fuego y colores cálidos que dominan el ambiente.

El Enojo se presenta como un personaje imponente y poderoso, con una presencia intensa y decidida. Viste tonos rojos y anaranjados que reflejan su ardor y energía inquebrantables. Su papel en este mundo es guiarnos hacia una comprensión más profunda de su función y expresión saludable.

El Enojo nos muestra que, como las demás emociones, no es ni bueno ni malo, sino una señal de que nuestros límites están siendo desafiados o nos encontramos frente a una injusticia. Nos dice que puede ser una llamada a la acción o una llamada de atención que nos impulsa a establecer límites, a alzar la voz, a defender nuestras creencias y a proteger nuestra dignidad. Además de hacernos ver lo que es importante para nosotrxs.

Expresar el Enojo de manera asertiva y respetuosa puede ser una herramienta para la comunicación efectiva y el establecimiento de relaciones saludables. Además, puede ser un catalizador para el cambio positivo, motivándonos a superar obstáculos y luchar por la justicia.

El Enojo te dice que:

Aunque es válido sentirme, hay una regla importante: no te lastimes a ti ni a las demás personas, ya sea con palabras y/o conductas. Si sientes que me salgo de control, y te llevo a comportamientos destructivos, es importante buscar apoyo.

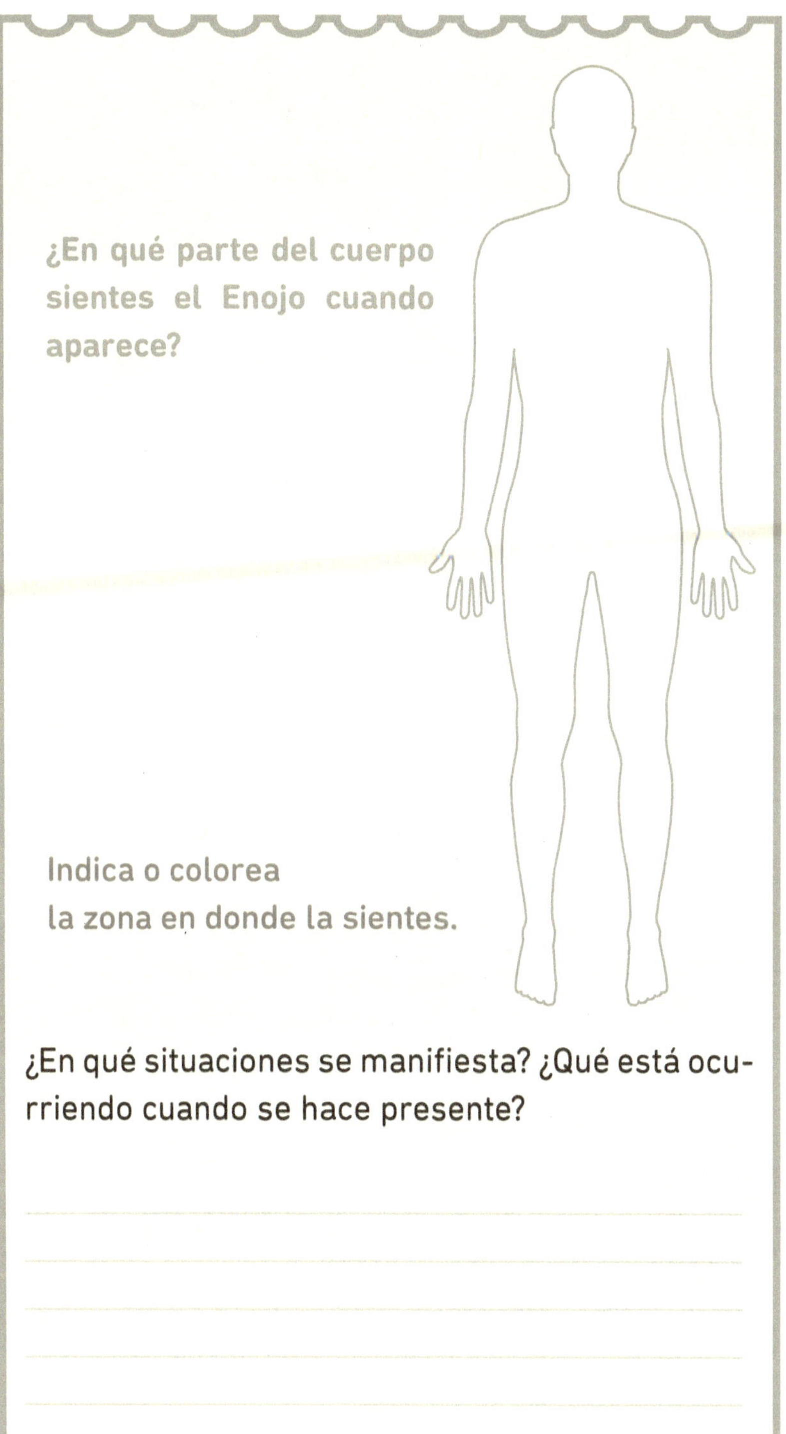

¿En qué parte del cuerpo sientes el Enojo cuando aparece?

Indica o colorea
la zona en donde la sientes.

¿En qué situaciones se manifiesta? ¿Qué está ocurriendo cuando se hace presente?

¿Cuáles consideras que son sus detonantes?

¿Cómo describirías con tus propias palabras la sensación de Enojo?

¿Se te ocurre algún otro sentimiento que normalmente lo acompañe cuando aparece?

El mensaje del Enojo: si lo que sientes pudiera pronunciarse con palabras, ¿qué te diría?, ¿qué necesita?, ¿qué mensaje te está dando? Cuando está presente, ¿cómo lo expresas o comunicas? y ¿cómo lo gestionas?

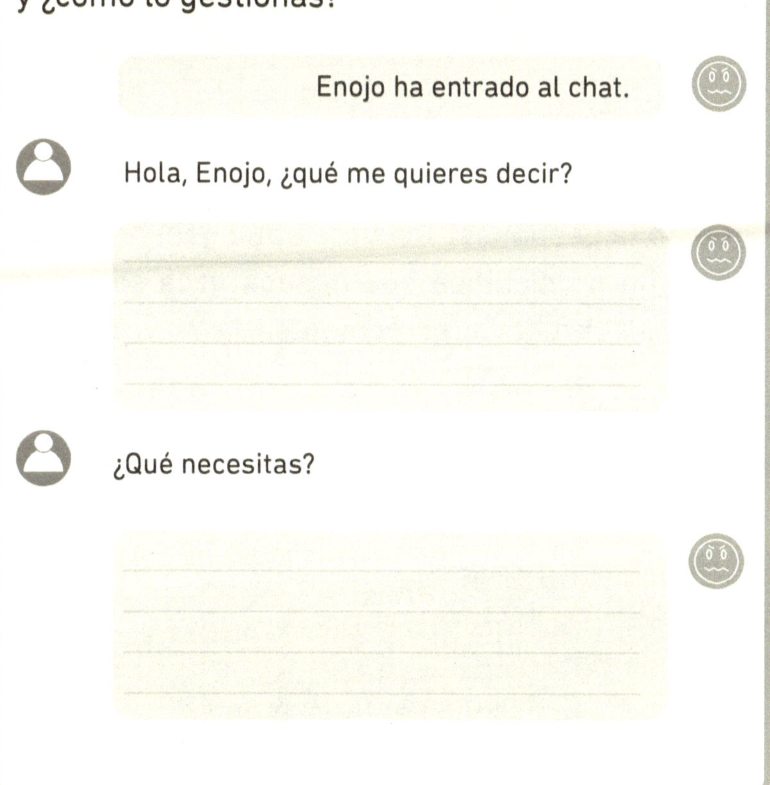

Cuando Enojo está presente, ¿cómo lo expresas o comunicas?

¿Cómo la gestionas? Recuerda que gestionar una emoción no significa que desaparezca sino que puedas sobrellevar el momento.

¿Qué te ha funcionado anteriormente?

¿Alguna vez has visto un volcán? Antes de hacer erupción, comienza a hacer mucho ruido y lanza grandes nubes grises avisándonos que saldrá lava y fuego. Esto mismo pasa cuando te enojas. Hay señales que puedes sentir en tu cuerpo y que te avisan cuando el Enojo está creciendo y estás por estallar. Por ejemplo: sentir la cara muy caliente, los ojos llorosos, mareo, dolor de estómago, corazón acelerado, la mandíbula y manos tensas, entre otras cosas.

Algo importante para la regulación es comenzar a detectar estas señales antes de estallar.

En las nubes de humo escribe cuáles son tus señales cuando estás a punto de estallar.

Toma conciencia de tu Enojo. Reconoce y acepta que lo estás experimentando. Observa cómo se manifiesta en tu cuerpo, qué pensamientos y sensaciones surgen. Permítete sentirlo sin juzgarlo.

Recuerda la regla de no lastimarte a ti ni a las demás personas (con palabras o acciones).

Para tranquilizarte, puedes realizar un ejercicio de respiración lenta y profunda. (No importa si al inicio no es lenta ni profunda, poco a poco irá bajando su ritmo).

Se vale gritar, pegarle a la almohada, escribir en una hoja de papel todo lo que te irrita y luego romperla en muchos pedazos, salir a respirar y darte tiempo para que se baje el Enojo. Lo importante es aprender lo que a ti te funciona y que te haga sentido.

¿Qué aprendí? ¿Qué me llevo?

7. MIEDO

El miedo es la puerta de entrada a la sabiduría.
RALPH WALDO EMERSON

Ahora nos adentramos al mundo del Miedo, el guardián de la precaución y la supervivencia. En esta parada de nuestro viaje emocional, nos sumergiremos en un lugar enigmático y cauteloso. A medida que nos adentramos en el reino del Miedo, somos recibidos por un ambiente oscuro y nebuloso, donde hay sombras en cada rincón.

El Miedo se presenta como un personaje prudente y alerta, con una mirada penetrante y movimientos ágiles. Viste tonos oscuros y terrosos que reflejan su función de vigilancia y protección.

Te dice:

Perdón si te asusté, pero he venido a protegerte o a hacerte saber si hay algún peligro y ponerte a salvo. Cuando aparezco, puedes responder de diferentes formas. A veces quedándote quietx para evitar ser lastimadx; otras, corriendo o gritando para recibir ayuda. A lo mejor respondes tapándote los ojos y las orejas para no ver ni escuchar. También puedes irte a un lugar seguro en tu mente, uno donde te refugias mientras pasa el peligro. Aunque a veces a las personas no les gusta sentirme, soy un gran aliado que te ayuda a reaccionar cuando alguien te hace daño.

Me han dicho que cuando aparezco, en ocasiones me sienten en todo el cuerpo. Otras ocasiones, me agarro a las piernas para que las personas no se muevan de donde están y se protejan. A veces se las pellizco para que corran.

Reconozco que tengo mala fama, pero la verdad es que soy una respuesta esperada ante un posible peligro o amenaza. Te mantengo alerta y te ayudo a defenderte. Asimismo, te sirvo para pedir ayuda o para buscar soluciones a las situaciones difíciles que nos enfrentemos.

El Miedo nos impulsa a evaluar riesgos y a tomar decisiones informadas para protegernos a nosotros mismos y a aquellos que amamos.

En el mundo del Miedo, exploramos estrategias para manejarlo de manera saludable, como la evaluación realista de riesgos, la búsqueda de apoyo y la adopción de precauciones razonables. Además, nos permite recordar que el coraje no es la ausencia de Miedo, sino actuar a pesar de éste.

Es válido sentir Miedo y también es válido cuestionarlo. Si consideras que no está en proporción con la situación, es importante buscar apoyo y herramientas para abordarlo.

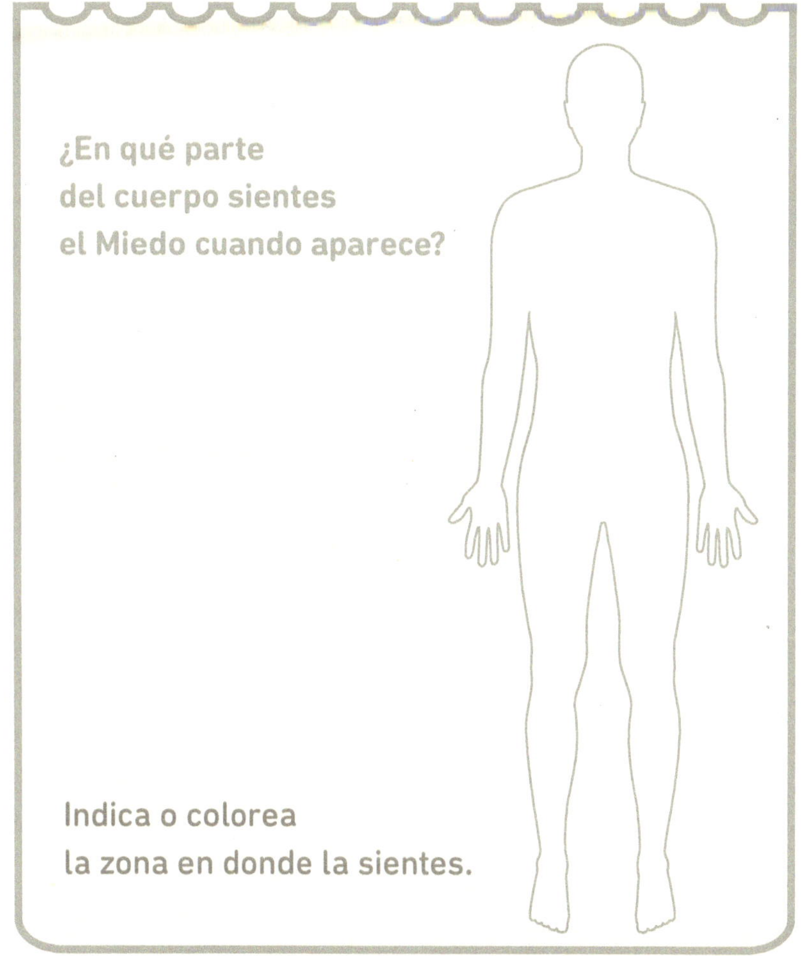

¿En qué situaciones se manifiesta? ¿Qué está ocurriendo cuando se hace presente?

¿Cuáles consideras que son sus detonantes?

¿Cómo describirías con tus propias palabras la sensación de Miedo?

¿Se te ocurre algún otro sentimiento que normalmente lo acompañe cuando aparece?

El mensaje del Miedo: si lo que sientes pudiera pronunciarse con palabras, ¿qué te diría?, ¿qué necesita?, ¿qué mensaje te está dando? Cuando está presente, ¿cómo lo expresas o comunicas? y ¿cómo lo gestionas?

Miedo ha entrado al chat.

Hola, Miedo, ¿qué me quieres decir?

¿Qué necesitas?

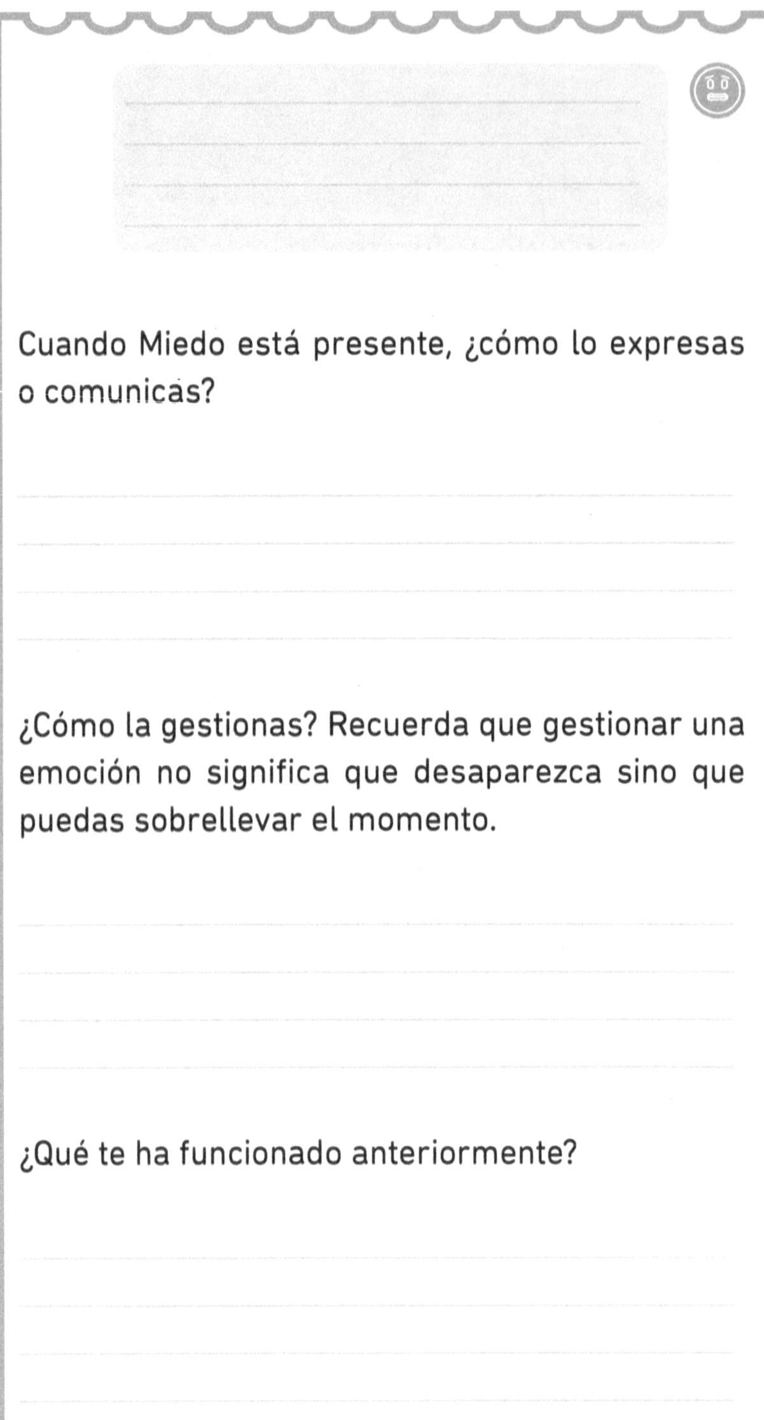

Cuando Miedo está presente, ¿cómo lo expresas o comunicas?

¿Cómo la gestionas? Recuerda que gestionar una emoción no significa que desaparezca sino que puedas sobrellevar el momento.

¿Qué te ha funcionado anteriormente?

Ejercicio de regulación emocional
Creando tu espacio seguro

Encuentra un lugar tranquilo y sin distracciones donde puedas dedicar unos minutos a esta práctica. Puedes sentarte en una silla cómoda o acostarte en una posición relajada.

Cierra los ojos y comienza con respiraciones profundas y lentas. Inhala por la nariz, sintiendo cómo el aire llena tus pulmones, y exhala suavemente por la boca, liberando cualquier tensión o preocupación.

Visualiza un entorno que te haga sentir seguridad y protección. Puede ser un lugar real al que hayas ido antes y te haya brindado una sensación de calma, como una playa, un bosque o un rincón tranquilo de tu hogar. Si no tienes un lugar específico en mente, puedes imaginar un espacio seguro y acogedor.

Construye los detalles de este lugar seguro en tu mente. Observa los colores, las formas y las texturas que lo rodean. Imagina los sonidos tranquilizadores, como el suave murmullo de un arroyo o el viento susurrando entre los árboles. Reconoce las sensaciones físicas, como la suavidad de una brisa cálida en tu piel o la comodidad de la superficie acolchada en la que te encuentras.

Rememora cada detalle con claridad y sumérgete en la sensación de seguridad y protección que este lugar te brinda.

Permítete quedarte en este espacio seguro el tiempo que necesites, disfrutando su sensación de calma y protección. Si durante la visualización surgen pensamientos o emociones relacionadas con el miedo, obsérvalos y déjalos pasar suavemente, recordándote a ti mismo que estás en un lugar seguro, como si observaras una nube pasar a lo lejos.

Agradece a tu espacio seguro cuando sientas que es el momento adecuado para salir de la visualización. Lleva a cabo otras respiraciones profundas, sintiendo cómo vuelves al entorno presente y llevando contigo la sensación de seguridad que hayas experimentado. Dibuja ese espacio seguro o, si prefieres, ayúdate con recortes de revistas para plasmarlo.

Recuerda que la práctica regular de la visualización de un espacio seguro se fortalece a lo largo del tiempo. Puedes realizar este ejercicio cada vez que sientas la necesidad de regular el Miedo, creando así un refugio interno al que puedas recurrir cuando te enfrentes a situaciones temerosas o estresantes.

¿Qué aprendí? ¿Qué me llevo?

8. DESAGRADO/ASCO

En el mundo del Desagrado y el Asco, nuestros sentidos se agudizan, recordándonos que también hay belleza en saber qué rechazar y qué valorar.

En este punto de nuestro viaje emocional, nos adentraremos en un lugar donde las sensaciones y percepciones desencadenan reacciones intensas de repulsión y aversión. A medida que exploramos el reino del Desagrado/Asco, nos encontramos con un ambiente cargado de olores fuertes y colores apagados, lo cual crea una atmósfera que agudiza nuestra sensibilidad.

Aquí nuestra intuición nos advierte sobre una persona, cosa o situación que pueda ponernos en peligro o que simplemente no nos agrada.

El Desagrado/Asco se presenta como un personaje atento y cauteloso. Con un gesto de disgusto y desaprobación, comenta:

Mis cejas se fruncen ligeramente y mis labios se curvan hacia abajo. Visto colores opacos y tonos apagados que reflejan mi función de alertarte sobre lo que puede ser perjudicial para tu salud y bienestar. Ante mi presencia, puedes responder con cara de repulsión. Por eso volteas la cara. Incluso puedo revolverte el estómago. Esto se debe a que rechazas o evitas eso que no te gusta.

Todas éstas son respuestas que nos ayudan a hacerle frente a situaciones que nos desagradan. Son grandes herramientas. Es a través de su presencia que aprendemos a escuchar nuestras sensibilidades y a reconocer lo que puede ser perjudicial para nosotrxs.

LA INTUICIÓN SURGE DE LA UNIÓN ENTRE EMOCIONES, SENSACIONES Y EXPERIENCIAS PREVIAS.

¿En qué parte del cuerpo sientes el Desagrado/ Asco cuando aparece?

Indica o colorea la zona en donde la sientes.

¿En qué situaciones se manifiesta? ¿Qué está ocurriendo cuando se hace presente?

¿Cuáles consideras que son sus detonantes?

¿Cómo describirías con tus propias palabras la sensación de Desagrado/Asco?

¿Se te ocurre algún otro sentimiento que normalmente lo acompañe cuando aparece?

El mensaje del Desagrado/Asco: si lo que sientes pudiera pronunciarse con palabras, ¿qué te diría?, ¿qué necesita?, ¿qué mensaje te está dando? Cuando está presente, ¿cómo lo expresas o comunicas? y ¿cómo lo gestionas? OJO: gestionar una emoción no significa que desaparezca, sino que puedas sobrellevar el momento. ¿Qué te ha funcionado anteriormente?

Desagrado/Asco ha entrado al chat.

Hola, Desagrado/Asco, ¿qué me quieres decir?

¿Qué necesitas?

Cuando Asco/Desagrado está presente, ¿cómo lo expresas o comunicas?

¿Cómo la gestionas? Recuerda que gestionar una emoción no significa que desaparezca sino que puedas sobrellevar el momento.

¿Qué te ha funcionado anteriormente?

Ejercicio de regulación emocional

El Desagrado/Asco surge cuando nos encontramos con algo que percibimos como repulsivo, inapropiado o que no encaja con nuestras preferencias o valores. Estas emociones pueden variar en intensidad y manifestarse en diferentes situaciones, como al encontrarnos con ciertos olores, sabores, texturas o incluso comportamientos y situaciones sociales.

Cuando te enfrentes al Desagrado/Asco, tómate un momento para reflexionar sobre la causa específica de tu reacción. Respira profundo y pregúntate a ti mismx qué es exactamente lo que te produce esa sensación y por qué. ¿Es algo que ves?, ¿algo que escuchas?, ¿hueles?, ¿algo que sientes en el estómago? ¿Cómo responde tu cuerpo? Esta autoexploración te ayudará a identificar tus límites personales y a comprender mejor tus necesidades de protección.

Al examinar las razones detrás de estas emociones, puedes descubrir qué es lo que te resulta especialmente repulsivo o desagradable y cómo se relaciona con tus experiencias y valores personales.

Identificar tus límites personales y comprender tus necesidades de protección es saludable. Puedes aprender a evitar o alejarte de lo que te causa Desagrado/Asco, respetando tus propias sensibilidades y protegiendo tu bienestar físico, mental y emocional.

¿Qué aprendí / qué me llevo?

9. SORPRESA

Cuando creemos haberlo visto todo, la sorpresa nos susurra al oído: aún hay más por descubrir.

Se aproxima un mundo inesperado y asombroso. A medida que exploramos el reino de la Sorpresa, nos encontramos con un ambiente vibrante y dinámico, donde pareciera que todo puede cambiar y que nada es rutinario.

La Sorpresa se presenta como un personaje curioso y vivaz, con ojos que brillan de emoción, anticipación y en ocasiones con destellos de confusión. Su forma de vestir refleja su espíritu juguetón y su amor por lo inesperado, con colores llamativos y prendas llenas de detalles sorprendentes.

El mundo de la Sorpresa es un lugar lleno de posibilidades y descubrimientos. Aquí nos invita a abrir nuestros sentidos y estar atentos a las experiencias inesperadas que la vida nos ofrece y que están esperando ser exploradas.

La Sorpresa nos enseña a abrazar la incertidumbre y nos recuerda que no siempre tendremos las respuestas justo en el momento que las deseamos.

Te dice:

Yo, la Sorpresa, te despierto, te muevo y energizo. Deseo animarte a salir de tu zona de confort, para experimentar lo desconocido, y te invito a crecer a través de nuevas experiencias. Puede haber momentos inesperados, agradables y otros desafiantes. Estos últimos te harán en ocasiones cambiar de perspectiva, desarrollar nuevas habilidades o fortalecer las que ya tienes.

Cuando aparezco, puedes responder de diferentes maneras. Se aumenta tu ritmo cardiaco o tus pupilas se dilatan para permitirte una mejor visión y atención al entorno. Tu rostro también puede mostrar signos de sorpresa. Las cejas pueden levantarse y los párpados y la boca abrirse. **Estas expresiones faciales te permiten captar más información.**

Algo sí es seguro: cuando me manifiesto, te dejo impactadx, y, aunque mi presencia sea breve, puedo permanecer a largo plazo en tu memoria y experiencia emocional.

¿En qué parte del cuerpo sientes la Sorpresa cuando aparece?

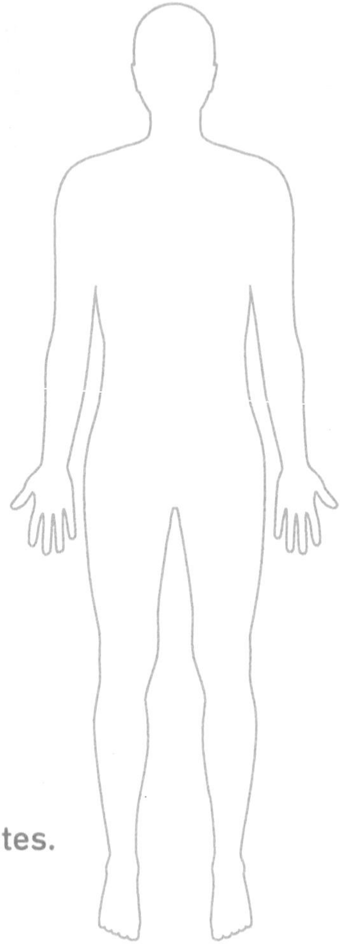

Indica o colorea la zona en donde la sientes.

¿En qué situaciones se manifiesta? ¿Qué está ocurriendo cuando se hace presente?

¿Cuáles consideras que son sus detonantes?

¿Cómo describirías con tus propias palabras la sensación de Sorpresa?

¿Se te ocurre algún otro sentimiento que normalmente la acompañe cuando aparece?

El mensaje de la Sorpresa: si lo que sientes pudiera pronunciarse con palabras, ¿qué te diría?, ¿qué necesita?, ¿qué mensaje te está dando? Cuando está presente, ¿cómo la expresas o comunica? y ¿cómo la gestionas?

Sorpresa ha entrado al chat.

Hola, Sorpresa, ¿qué me quieres decir?

¿Qué necesitas?

Cuando Sorpresa está presente, ¿cómo lo expresas o comunicas?

¿Cómo la gestionas? Recuerda que gestionar una emoción no significa que desaparezca sino que puedas sobrellevar el momento.

¿Qué te ha funcionado anteriormente?

Ejercicio de regulación emocional

Observa cómo estás respondiendo física y emocionalmente a la Sorpresa. Presta atención a las sensaciones de tu cuerpo, al aumento del ritmo cardiaco o la respiración. Lleva a cabo respiraciones profundas y lentas para calmarte y centrarte en el momento presente. Respira profundamente por la nariz, mantén el aire durante unos segundos y luego exhala suavemente por la boca.

Para mantenernos en el momento presente podemos realizar un ejercicio de anclaje:

TÉCNICA DE GROUNDING

- 5 cosas que puedes VER.
- 4 cosas que puedes SENTIR.
- 3 cosas que puedes OÍR.
- 2 cosas que puedes OLER.
- 1 cosas que puedes PROBAR.

Si no tienes algo a la mano que puedas probar, como agua, puedes pensar en una persona por la cual estés agradecidx.

EJERCICIOS DE **RELAJACIÓN MUSCULAR** PROGRESIVA

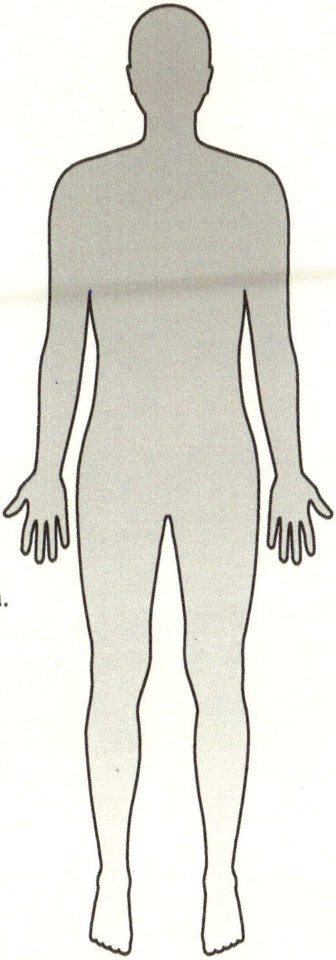

1 FRENTE
Arruga la frente
por 10 segundos y suelta.

2 OJOS
Aprieta los ojos
por 10 segundos y suelta.

3 BOCA
Sonríe lo más amplio
que puedas por 10 segundos
y suelta.

4 MANOS
Cierra el puño lo más fuerte
que puedas por 10 segundos
y suelta.

5 BRAZOS
Dobla los brazos hasta tus
codos por 10 segundos y suelta.

6 ESPALDA
Arquea la espalda hacia atrás
por 10 segundos y suelta.

7 PIERNAS
Aprieta los muslos
por 10 segundos y suelta.

8 PIES
Aprieta los dedos de tus pies
por 10 segundos y suelta.

¿Qué aprendí? ¿Qué me llevo?

10. CULPA Y VERGÜENZA

Nuestra última parada en este viaje emocional nos lleva al mundo de la Culpa y la Vergüenza, donde estas dos emociones se entrelazan y comparten ciertos territorios.

Aunque suelen confundirse, estas emociones se encargan de hacernos saber sus diferencias. Las personas no nacen experimentándolas, ni tampoco forman parte de las emociones básicas, porque resulta que la Culpa y la Vergüenza son "sociales", debido a que en la mayoría de las ocasiones surgen en los contextos interpersonales (Etxebarria, 2003).

CULPA

Si la abrazas como maestra, puede convertirse en un impulso para aprender, crecer y redimirte.

Primero llega la Culpa, que se presenta como un ser reflexivo y autocrítico. Su mirada es seria y su postura muestra un gesto de responsabilidad. Viste ropas pesadas y oscuras, las cuales remiten a la carga emocional que lleva consigo. Su mundo tiene un paisaje sombrío y se siente cargante. El ambiente donde se desarrolla está envuelto en una neblina densa y oscura con nubes grises que evocan una sensación de opresión y remordimiento.

Al acercarse, te comenta:

Llego cuando cometes algún error, te equivocas o lastimas a alguien con tus acciones o palabras. En ocasiones puedes sentirme en el estómago, en el pecho, en los hombros y el cuello, como si estuvieras cargando algo pesado. Cuando me manifiesto, puedes mitigarme si reflexionas sobre tus acciones y errores. Mi intención es que asumas tu responsabilidad. A través de mi presencia, aprendes y creces, casi siempre en relación con tus comportamientos pasados.

La Culpa es una emoción reguladora que se centra en la acción de la persona y puede llevar a una conducta reparatoria cuando uno es responsable de esa acción y nos ayuda a evitar daños futuros.

Sin embargo, la Culpa en ocasiones se equivoca y, a veces, las personas se creen culpables, por lo que le escuchan decir a otras personas o por discursos de la sociedad, y eso puede crear confusión. Es importante aprender a separar cuándo sí eres responsable del daño causado y hay que repararlo y cuándo no. Y tendrás que pedirle a la Culpa que siga su camino.

La Culpa se centra en el comportamiento, mientras que su compañera la Vergüenza se centra en la identidad. La Culpa nos invita a reflexionar sobre nuestras acciones y buscar la reparación. En cambio, la Vergüenza nos lleva a cuestionar nuestra valía personal.

Aunque ambas emociones pueden ser incómodas, la Culpa es más constructiva, ya que nos permite aprender de nuestros errores y buscar una solución. Al contrario, la Vergüenza puede ser más dañina, ya que nos sumerge en sentimientos de autodesprecio.

¿En qué parte del cuerpo sientes la Culpa cuando aparece?

Indica o colorea
la zona en donde la sientes.

¿En qué situaciones se manifiesta? ¿Qué está ocurriendo cuando se hace presente?

¿Cuáles consideras que son sus detonantes?

¿Cómo describirías con tus propias palabras la sensación de Culpa?

¿Se te ocurre algún otro sentimiento que normalmente la acompañe cuando aparece?

El mensaje de la Culpa: si lo que sientes pudiera pronunciarse con palabras, ¿qué te diría?, ¿qué necesita?, ¿qué mensaje te está dando? Cuando está presente, ¿cómo la expresas o comunicas normalmente?, y ¿cómo la gestionas?

Ejercicio de regulación emocional

Asume la responsabilidad de tus acciones y busca formas de reparar cualquier daño causado. Esto puede implicar disculparte con alguien, corregir el error o tomar medidas para evitar que la situación se repita en el futuro. La reparación activa puede ayudarte a aliviar la Culpa y restaurar la armonía en tus relaciones y contigo mismx.

Como la Culpa nos invita a reflexionar acerca de nuestro comportamiento, hagamos las siguientes preguntas:

Si pudiera ver la Culpa, ¿cómo la describiría?

Si pudiera hablar con ella, ¿qué le diría?, ¿qué me contestaría?

¿Hubo algo que dije o hice para que esté presente?

¿Hay algo por lo cual es importante hacerme responsable?

Si es el caso, ¿de qué manera puedo repararlo o restaurarlo?

¿Se trata de disculparme, corregir un error o tomar medidas para que no se repita en el futuro?

Si fue uno de esos casos en los que la Culpa se equivocó de camino, ¿qué discursos allá afuera he estado escuchando que hicieron que apareciera?

¿Cuál es mi opinión de esos discursos o creencias?

¿Hay otra manera de reformular esos discursos para que estén en sintonía con lo que yo creo y valoro?

¿Qué le podría decir a la Culpa para hacerle saber que siga su camino?

¿Qué aprendí? ¿Qué me llevo?

VERGÜENZA

Mientras que la Vergüenza nos susurra que nuestros defectos nos hacen indignos de amor, la Vulnerabilidad nos enseña que, incluso en nuestra imperfección, merecemos ser amadxs.

A continuación, se hace presente la Vergüenza. Podemos observarla con una postura encorvada, mientras se lleva las manos al abdomen, como si algo en su interior le doliera. También agacha la mirada: evita el contacto visual. Su presencia evoca una sensación de incomodidad y evasión, como si quisiera huir y aislarse.

Te dice:

Te sumerjo en un entorno oscuro y sombrío. La falta de luz representa la sensación de ocultamiento y evitación que experimentas cuando estoy a tu lado. Este ambiente te invita a esconderte; evitas todo tipo de exposición o atención. No quieres acercarte a la gente; tienes miedo de lo que las demás personas puedan pensar de ti. Te hago creer que no eres suficientemente buenx y que eres poco valiosx. Mientras más pienses eso, más crezco yo.

Mi actividad favorita es señalarte cuando incumpliste con las expectativas de las demás personas o con los estándares sociales. Te hago cuestionar tu valía y sentirte inadecuadx como persona. Mi objetivo subyacente es mantenerte alineadx con las normas y valores de la comunidad, pero a menudo puedo resultar desadaptativa y dañina para tu autoestima.

Cuando nos encontramos con la Vergüenza, nos dice que debemos ocultar nuestras imperfecciones y evitar el juicio de los demás. Nos asegura que somos defectuosos y que no merecemos aceptación o amor. Sin embargo, es importante recordar que la Vergüenza no define nuestra valía como personas: todos somos seres imperfectos en constante crecimiento.

A la Vergüenza no le gusta que hables con ella, ni de ella. Cada vez que pronuncias su nombre, se hace más pequeña, por lo que narrar lo que piensas y sientes en un espacio seguro te aleja de su voz.

En nuestro encuentro con la Vergüenza, es esencial cultivar la autocompasión. En lugar de permitir que nos abrume, escuchemos lo que tiene que decirnos. Después, es necesario preguntarse si sus mensajes son realistas y constructivos. Al desafiar los pensamientos de la Vergüenza negativa y cultivar una mayor aceptación y comprensión, podemos liberarnos de su poder y vivir con mayor autenticidad.

Recuérdalo:

YO NO SOY LA VERGÜENZA,
YO SIENTO VERGÜENZA.

Aunque son emociones diferentes, ambas nos invitan a hacer una autorreflexión y autovaloración. Por esa razón, te comparto esta tabla para que queden más claras:

CULPA	VERGÜENZA
Implica sentimientos no placenteros hacia una conducta o acción específica.	Implica sentimientos no placenteros hacia la persona y su identidad.
Deseo de llevar a cabo una conducta reparatoria o evitar un daño.	Deseo de huir, de esconderse y de desaparecer.
Se centra en las consecuencias o daño que se puede causar a los demás.	Se centra en la manera que se percibe uno mismo y en la autoestima.
"Hice algo malo".	"Soy alguien malo".

Fuente: Casanas, 2016; Cavalera, 2013; Miceli y Castelfranchi, 2018; Middelton-Moz, 1990.

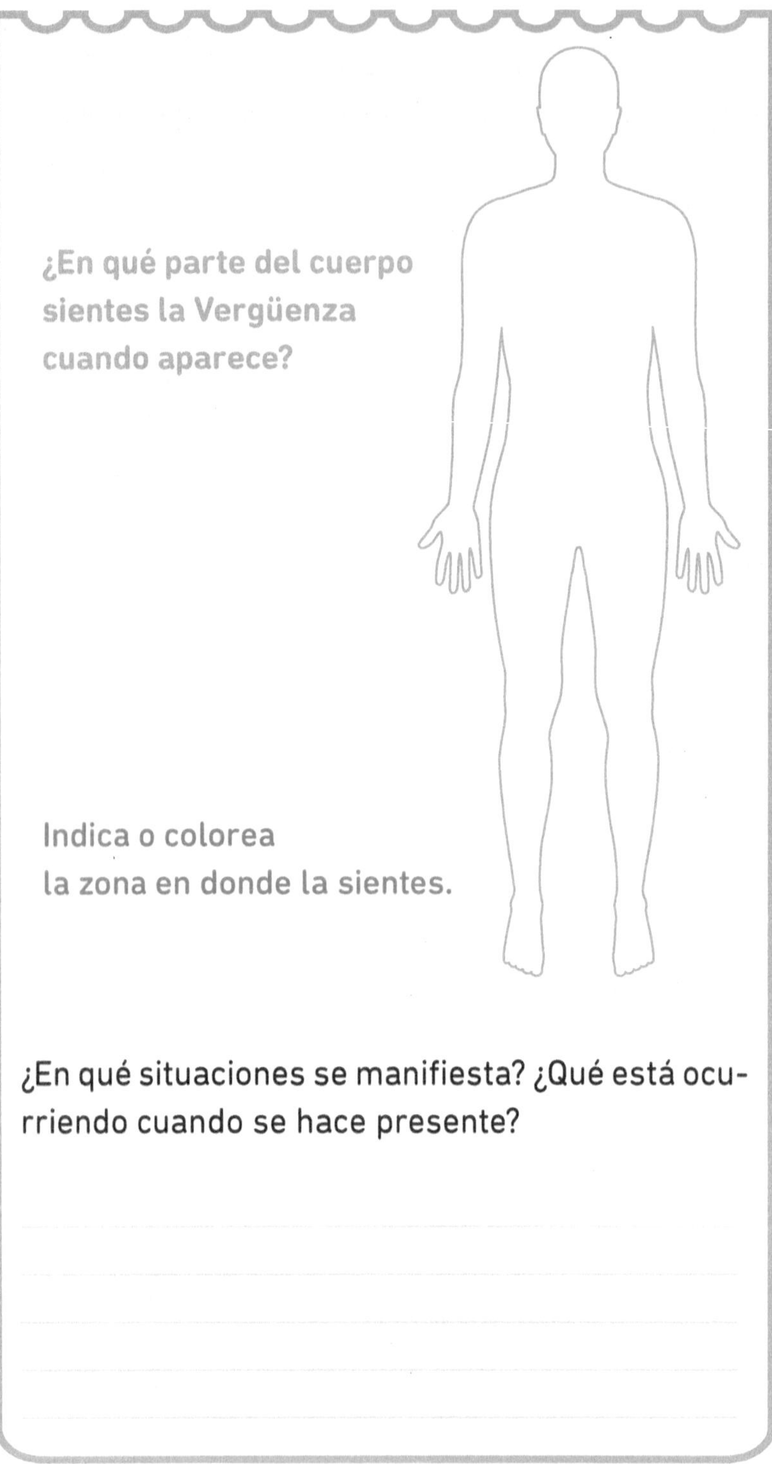

¿En qué parte del cuerpo sientes la Vergüenza cuando aparece?

Indica o colorea la zona en donde la sientes.

¿En qué situaciones se manifiesta? ¿Qué está ocurriendo cuando se hace presente?

¿Cuáles consideras que son sus detonantes?

¿Cómo describirías con tus propias palabras la sensación de Vergüenza?

¿Se te ocurre algún otro sentimiento que normalmente la acompañe cuando aparece?

El mensaje de la Vergüenza: si lo que sientes pudiera pronunciarse con palabras, ¿qué te diría?, ¿qué necesita?, ¿qué mensaje te está dando? Cuando está presente, ¿cómo la expresas o comunicas normalmente?, y ¿cómo la gestionas?

Vergüenza ha entrado al chat.

Hola, Vergüenza, ¿qué me quieres decir?

¿Qué necesitas?

Ejercicio de regulación emocional

Imagínate la espiral de la Vergüenza como si fuera un tobogán que da vueltas y vueltas hasta llegar hasta abajo.

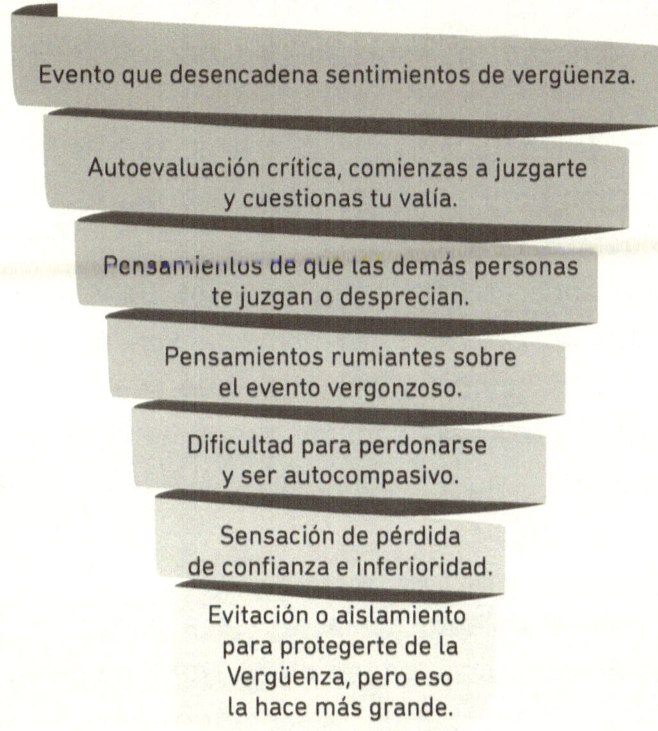

Es importante recordar que un "tropezón" —un evento que desencadena sentimientos de Vergüenza— es sólo eso... un tropezón, y no necesariamente tenemos que deslizarnos por todo el tobogán.

Aquí algunos pasos importantes a considerar:

Reconócela y acéptala, ponle nombre y apellido a eso que no nombrabas antes, es decir, date permiso de sentir Vergüenza sin juzgarte por hacerlo. Recuerda que todas las personas hemos experimentado esa emoción, no estás solx en esto.

Desafía los pensamientos o creencias que surgen en la espiral. ¿Recuerdas cuando eras adolescente y desafiabas a tu mamá o papá? Bueno, también se vale encarar esta emoción y los pensamientos que lleguen con ésta. Examina si son realistas y revisa si hay evidencia objetiva que contradiga las creencias que hayas seguido hasta el momento, las cuales, en ocasiones, son discursos que se entrelazan con el nuestro.

Evita el aislamiento social y busca apoyo de personas de confianza (redes de apoyo). Comparte tus sentimientos y experiencias con quienes te brinden comprensión y respaldo incondicional.

Practica la autocompasión. No significa tenerse lástima, sino más bien desarrollar una actitud de amabilidad y compasión hacia unx mismx en momentos de dificultad. Es importante reconocer tu sufrimiento y tratarlo con la misma consideración y cuidado que le mostrarías a un ser querido en una situación similar.

Hagamos un ejercicio que integre el cuestionamiento, la reflexión y autocompasión:

PENSAMIENTO AUTOCRÍTICO	EVIDENCIA CONTRARIA	AUTOCOMPASIÓN	REFORMULACIÓN DEL PENSAMIENTO
• Soy un fracaso.	• He logrado metas y objetivos en mi vida. He aprendido de mis errores y he crecido como persona. • Tengo habilidades, talentos y logros que puedo reconocer. • El éxito es subjetivo y no se limita a una única definición.	• ¿Cómo me trataría a mí mismx si no creyera que soy unx fracaso? • Me trataría con más amabilidad, comprensión y aceptación. Me enfocaría en aprender de mis experiencias y en esforzarme por alcanzar mis metas. • ¿Qué le diría a un amigx que se sintiera así? • Le diría que los fracasos son parte de la vida y que no definen su valía como persona. Le recordaría sus logros y le animaría a aprender de las experiencias para crecer.	• Reconozco que he tenido momentos de éxito y aprendizaje en mi vida. Aunque haya experimentado fracasos, no definen quién soy. Soy capaz de aprender y crecer a partir de mis experiencias.

Si la espiral de la Vergüenza persiste y te resulta difícil manejarla por tu cuenta, busca ayuda de un profesional de la salud mental. Recuerda que gestionarla lleva tiempo y práctica, sobre todo cuando cargamos con discursos ajenos. El conectar más con tus creencias y valores te dará la oportunidad de llevar una vida más auténtica y liberadora.

¿Qué aprendí? ¿Qué me llevo?

EPÍLOGO

Con el corazón aún palpitando y las mejillas sonrojadas por la Vergüenza, te encuentras en un punto crucial de tu viaje emocional. Has navegado por los profundos mares de la autocrítica y la autodesvalorización, pero ahora es el momento de liberarte de esas cadenas y abrir las puertas hacia una nueva forma de relacionarte contigo mismx.

Imagina que te encuentras en un aeropuerto emocional, justo después de dejar atrás la Vergüenza. Miras tu maleta o mochila de emociones, desgastada por el camino, pero llena de experiencias transformadoras.

Observas tu pasaporte emocional, desplegado entre tus manos, con páginas que llevan las huellas de tus encuentros con la Alegría, la Tristeza, el Enojo, el Miedo, el Desagrado/Asco, la Sorpresa, la Culpa y la Vergüenza. Con determinación, abres la maleta o descorres el cierre de la mochila y te encuentras con las emociones que has vivido. Cada una, con su propia historia y enseñanzas, espera ser explorada y comprendida. Sabes que estos encuentros emocionales te han enriquecido, te han desafiado y te han permitido crecer como la persona que eres hoy.

Con pasos firmes, te diriges hacia el mostrador de registros emocionales. Entregas tu pasaporte y, mientras el funcionario revisa tus páginas llenas de sellos y experiencias, sientes una mezcla de nostalgia y gratitud. Cada emoción ha dejado su marca en ti, ha dejado una impresión imborrable en tu ser.

Finalmente, el funcionario con una sonrisa cálida te entrega tu pasaporte emocional y te dice:

Has recorrido un largo camino. Te felicito por haber explorado tan valientemente el territorio de tus sentimientos. Que este pasaporte sea un recordatorio constante de tu capacidad para abrazar y comprender tus emociones.

Con el pasaporte en la mano y la maleta de emociones a tu lado, te adentras en el mundo con una nueva perspectiva. Sabes que este viaje no ha terminado, que hay muchas más emociones esperando ser descubiertas y comprendidas. Pero ahora, te sientes equipadx con la sabiduría y la confianza necesarias para abrazar cualquier emoción que te encuentres en el camino.

Te despides del aeropuerto emocional con una mezcla de emoción y determinación. No sabes lo que te depara el futuro, pero estás listx para enfrentar cualquier desafío emocional que se presente.

Con tu maleta de emociones y tu pasaporte emocional, te embarcas en el próximo capítulo de tu viaje, sabiendo que cada emoción te guiará hacia una vida más auténtica y plena. Y así, con el corazón abierto y la mente dispuesta, continúas tu trayecto, confiando en que cada emoción te lleve un paso más cerca de la comprensión profunda de ti mismx y del mundo que te rodea.

Te animo a seguir profundizando en el vasto viaje emocional, con curiosidad y apertura, confiando en que cada experiencia te brindará valiosas lecciones y crecimiento personal.

Que el *Manual de las emociones. 1 minuto de psicología* sea el primer paso en tu camino hacia una vida más consciente, auténtica y enriquecedora.

Espero que hayas disfrutado del paseo, ahora te toca a ti seguir forjando tu camino con estas herramientas y aprendizajes.

Nos vemos pronto.

Aquí dejo una rueda de las emociones por si quieres incluir otras emociones que consideres importantes.

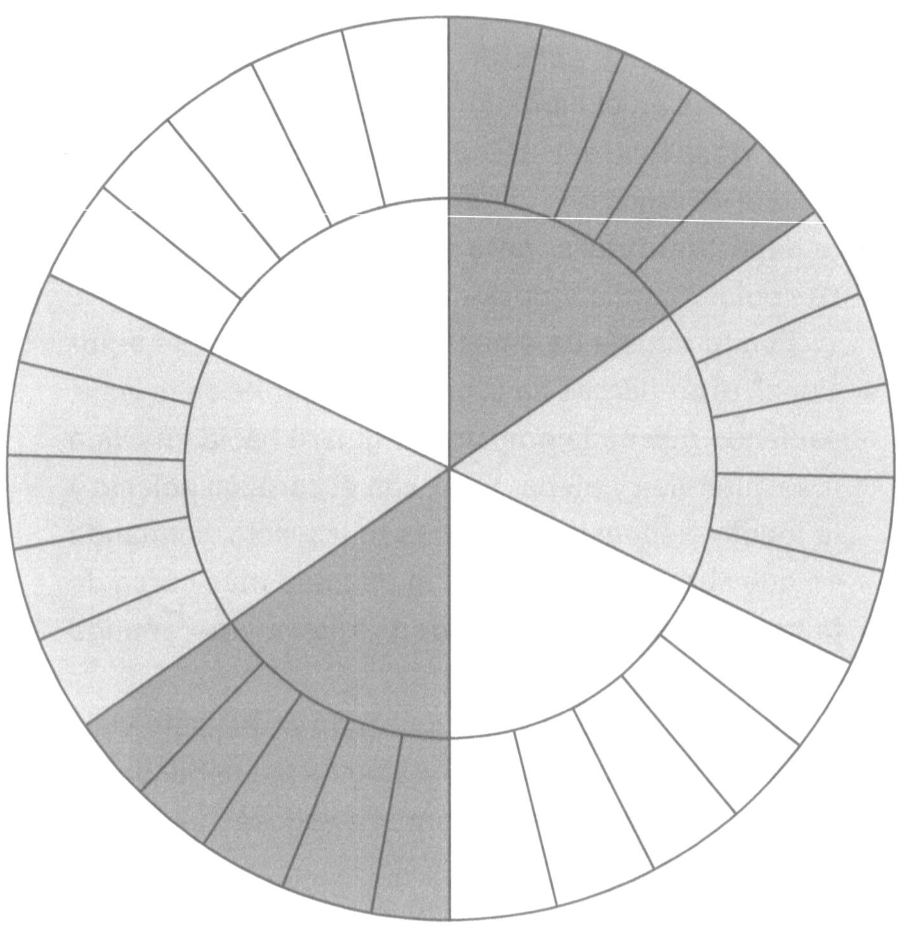

SOBRE LA AUTORA

Adály Eliza López Sierra comenzó su camino en el mundo académico con una formación en Ingeniería en Industrias Alimentarias, posteriormente debido a su curiosidad por las personas y cómo se relacionan con lo que les rodea continuó su trayectoria a través de una Licenciatura en Psicología Clínica. Su búsqueda constante por seguir formándose la llevó a especializarse en Terapia Sistémica Clínica y obtener una Maestría en Psicología Clínica.

Con una dedicación centrada en la terapia, Adály ha orientado su enfoque hacia temas delicados como el abuso sexual y la violencia. Su contribución más destacada es la creación de un protocolo de intervención narrativa que aborda la detección e intervención de violencia infantil, marcando un hito en su campo.

Paralelamente a su trabajo terapéutico, Adály ha diseñado talleres socioemocionales, enfocados en fomentar el bienestar integral de la niñez y quienes conviven con ellos como cuidadores, padres, terapeutas, etcétera.

Además, ha establecido un espacio de psicoeducación en redes sociales llamado 1minutodepsicologia, que surgió durante la pandemia. A través de este proyecto, Adály busca desmitificar la salud mental, abordando su relevancia en diversos aspectos de la vida, desde la familia hasta el trabajo.

Su compromiso con la sociedad se refleja en su labor para abordar temas relevantes y contribuir a la conversación sobre la salud mental en más espacios.

NOTAS

enguin Random House Grupo Editorial, S.A.U.
ravessera de Gràcia, 47-49
CZ, 8021
S
ttps://www.penguinlibros.com/es/content/1334-seguridad-de-los-productos
eguridadproductos@penguinrandomhouse.com
34 93 366 03 00

he authorized representative in the EU for product safety and compliance is

enguin Random House Grupo Editorial, S.A.U.
ravessera de Gràcia, 47-49
CZ, 8021
S
ttps://www.penguinlibros.com/es/content/1334-seguridad-de-los-productos
eguridadproductos@penguinrandomhouse.com
34 93 366 03 00

BN: 9798890987594
elease ID: 156016905

www.ingramcontent.com/pod-product-compliance
Lightning Source LLC
LaVergne TN
LVHW091059150826
845673LV00002B/650
9798890987594